수평 조직의 구조

BOOK
JOURNALISM

수평 조직의 구조

발행일 ; 제1판 제1쇄 2020년 5월 18일 제1판 제3쇄 2021년 5월 20일
지은이 ; 김성남 발행인 · 편집인 ; 이연대
편집 ; 소희준 제작 ; 강민기
디자인 ; 유덕규 지원 ; 유지혜 고문 ; 손현우
펴낸곳 ; ㈜스리체어스 _ 서울시 중구 삼일대로 343 9층
전화 ; 02 396 6266 팩스 ; 070 8627 6266
이메일 ; hello@bookjournalism.com
홈페이지 ; www.bookjournalism.com
출판등록 ; 2014년 6월 25일 제300 2014 81호
ISBN ; 979 11 969895 6 9 03300

BOOK
JOURNALISM

수평 조직의 구조

김성남

; 직원들은 상사에 의존하지 않고 자기 책임하에 업무를 추진하면서 전문가로 성장한다. 스스로 동기가 부여되는 일을 찾고, 협업하고, 결과는 동료의 피드백으로 평가받는다. 실무자의 업무 완성도가 높아질수록 관리자가 챙길 일은 줄어든다. 이런 선순환이 반복되면 조직은 크게 전문가 집단, 관리자 집단의 두 계층으로 축약된다. 수평 조직이 완성되는 것이다.

차례

전문성 없는 조직의 비극

전통적인 한국 조직 문화는 수동적인 인간관을 바탕으로 하고 있다. 직원을 관리가 필요한 수동적인 존재로 본다. 따라서 직원의 업무는 상사의 지시로 시작해 상사에 대한 보고로 끝난다. 지시받은 일을 오랫동안 수행하면서 경험과 연륜이 쌓이면 직급이 올라가고, 업무 책임 역시 그에 비례하여 커진다. 조직 전체로 보면 의사 결정 권한이 직급에 따라 배분되고, 명령 체계 최상위에 있는 사람이 결정권을 거의 독점하게 된다.

관리자들은 업무를 지시할 뿐 위임empowerment하지 않기 때문에 부하의 실수를 줄이기 위한 과정 관리에 많은 노력을 쏟게 된다. 이로 인해 부하 직원의 업무를 관리하는 것 외에 관리자 자신의 고유 업무를 개발하기 어렵다. 이런 상황은 네 가지 문제를 일으킨다. 관리자 역할에 걸맞은 전문성이 키워지지 않고, 부서 전체의 업무 부담이 늘어나며, 의사 결정이 늦어지고, 실무자의 동기가 저하된다.

실무자의 동기가 저하되는 주된 이유는 '내 일'이 아니라고 느끼기 때문이다. 조직의 업무가 개인이 아닌 부서에 주어지고, 부서에서 만들어낸 결과물은 부서장의 공이 되는 경우가 많아서다. 이는 한국 대기업의 팀장 KPI(Key Performance Indicator · 핵심 성과 지표)가 대부분 부하 직원들 성과의 합으로 구성되는 것을 보면 알 수 있다. 실무를 누가 했든 관리자가

'챙겨서' 결과를 낸 것이라고 생각한다.

기업들은 책임 의식이 강한 인재를 뽑으려 하지만, 실무자들이 책임 의식을 발휘할 기회를 주지 않는다. 업무에 대한 책임이 없는 상태에서 직원의 성과는 부서장 평가로 판가름 난다. 직원은 상사의 눈치를 보지 않을 수가 없다. 상사 의견에 반대하지 못해 개선과 혁신의 기회를 놓치기도 한다. 관리자가 싫어하는 직원에게 불이익을 줘 실무자의 경력이 망가지는 경우도 생긴다. 전문성도 없는 일을 상사가 시키니까 마지못해 떠맡는 경우도 있다.

조직의 방향을 결정하고 자원을 할당하는 권한이 철저하게 직급에 비례하기 때문에 직원들은 관리직이 되고 싶어 한다. 어려운 프로젝트를 많이 하고 전문성을 높이기보다는 실패 확률이 낮은 업무를 깔끔하게 수행해서 '관리 능력'으로 인정받으려 하는 것이다. 승진에 가까운 고참 직원들일수록 그렇다. 너도나도 관리직에 목을 매기 때문에 전문가들은 조직에 오래 남지 않는다. 그래서 종종 중요한 프로젝트에 전문가가 배정되지 못하는 경우가 생긴다. 결국 용역을 맡기게 되고, 전문성이 조직 안에 쌓이지 못한다.

조직 내 관계는 상사와 부하의 상하 관계 위주로 형성된다. 실무자 수준에서 직장 생활의 많은 부분은 상사와의 관계에 달려 있다. 업무 부여와 평가, 연봉 인상, 승진 대상 추천

등 대부분을 상사가 결정한다. 실무자들은 업무와 관련한 문제가 아니라 상사와의 관계로 인해 퇴사하는 경우가 많다. 상명하복, 서열주의, 눈치 보기, 조직 침묵, 낮은 생산성, 몰입도 저하, 갑질과 전횡 등의 문제가 없어지지 않는 이유이기도 하다.

일 문화와 관계 문화

조직 문화는 일 문화와 관계 문화로 나눌 수 있다. 우선 일 문화 측면은 2010년 전후 스마트 워크 붐이 일어 시차 출퇴근, 유연 근무제, 자율 좌석제, 복장 자율화 등 각종 제도가 도입되면서 상당히 달라진 것이 사실이다. 또한 주 52시간 근무를 규정한 노동법 개정으로 많은 변화가 이어질 전망이다. 그러나 일 문화가 달라진다고 저절로 관계 문화가 좋아지지는 않는다.

밀레니얼 이후 세대는 수직적인 문화를 불편해한다. 최근 젊은 직장인 사이에서는 '퇴사'가 인기 키워드가 되었다. 온라인 서점에서 퇴사로 검색하면 수백 권의 책이 줄줄이 추천되고, 각종 '퇴사 학교'가 성업 중이다. 퇴사 학교가 역설적으로 진로, 창업, 직무 교육 기관 역할을 하고 있는 것이다. 신청자는 주로 근무하던 조직에서 비전을 발견하지 못했거나, 고압적인 상사에게 시달렸거나, 근엄하고 꽉 막힌 기업 문화를 박차고 나온 청년들이다.

밀레니얼과 Z세대 청년들을 붙잡기 위해 보수적인 대기업들도 변화의 움직임을 보이고 있다. 일례로 우리나라 제조업을 대표하는 기업이라 할 수 있는 현대·기아차가 '수평적 조직 문화'를 선언하고 2019년 9월부터 직급 체계를 통합하고, 절대 평가를 도입하며, 승진 연차를 폐지하는 등 혁신을 시도하고 있다.

청년들이 수평 문화를 선호하는 것은 수직 문화에 대한 반발 때문인 경우가 많다. 우리나라에서 수직적 조직 문화를 폐기해야 한다는 목소리는 '꼰대' 담론이 확산하면서 정점에 이르렀다. 꼰대는 꽉 막히고, 억압적이며, 권위적인 관리자와 선배를 지칭하는 말이다. 지금 꼰대로 손가락질 받는 1970년대생 관리자들도 약 15년 전에는 답답한 조직 문화 속에서 신음하던 청년이었다. 이들은 선배들이 물려준 조직 문화를 욕하면서도 한편으로는 무의식적으로 체화하면서 수직적인 문화의 한 부분이 되었다. 그렇게 수직적인 문화는 조직 안에서 세대 간 소통을 막고 오해와 갈등을 조장하고 있다.

그러나 수직적인 문화는 더 이상 지속될 수 없다. 그 이유는 다음과 같은 속성과 문제점 때문이다. 수직적인 문화는 권위주의적이다. 권위는 조직 안의 자원을 배분하고 의사 결정을 하는 힘이다. 수직적인 문화에서는 이런 힘이 소수의 손에 집중된다. 사업에 투자하고, 사람을 뽑고, 조직을 개편하고, 보상을 결정하는 등 중요한 사안이 몇몇 사람에 의해 결정된다. 또한, 일부 구성원들은 수단과 방법을 가리지 않고 이런 힘을 쟁취하려고 한다. 막강한 힘을 손에 쥐면 조직의 원칙과 규정 위에 군림하는 경우도 생기고, 사내 정치와 같이 조직에 해를 입히는 결과로 이어지기도 한다. 권력에만 눈이 먼 관리자들이 조직 상층부를 채우는 것은 매우 위험하다. 민간 기업에서는 고위 경영진이 권한을 남용해도 법을 어기지 않는 한 제재하지 못하는 경우가 많기 때문이다.

수직적인 조직은 권한을 위로 집중시키는데, 이처럼 절대적인 권한을 가진 사람들이 의사 결정이나 처신을 잘못하면 회사나 부서 전체에 큰 타격을 줄 수 있다. 권한이 분산된 조직에서는 구성원 간의 견제와 균형을 통해 문제가 커지기 전에 해결하거나 대안을 찾을 수 있지만, 수직적 조직에서는 리더의 실수와 잘못을 지적하는 것이 불손한 일로 비쳐 직언을 하지 못하는 경우가 많다. 스티브 잡스Steve Jobs 수준의 역량을 갖춘 사람들이 리더라면 수직적 문화가 훨씬 효과적일 수 있겠지만, 관료적인 위계 조직에서 그런 천재적인 경영자가 육성될 가능성은 희박하다.

대표 이사, 사업 부장, 팀장이 업무적으로도 탁월하고 인격도 훌륭하다면 다행이지만, 그렇지 못한 경우에는 상당히 큰 문제가 된다. 퇴임 후에 재임 시 채용 비리 등으로 검찰에 기소된 대기업 경영자 이름이 언론에 심심치 않게 오르내리는 것이 대표적인 사례다. 조직 문화와 성과는 리더의 영향을 받을 수밖에 없지만, 소수 개인의 능력, 성향, 기질에 의해 조직 문화가 좌우되는 것은 바람직하지 않다.

수직적인 관계에서는 직급이 곧 인격이고 신분이다. 일부 상사들은 자신보다 직급이 낮은 사람에게 고함을 지르고, 괴롭히고, 무시하고, 비아냥거리는 것을 대수롭지 않게 생각한다. 권력에 취해 부하를 괴롭히고 모욕하는 사람들의 행동은 사이코패스psychopath와 비슷하다는 연구가 있다. 사이코패스들은 전두엽 내 감정과 공감 능력을 관장하는 부위의 기능이 제대로 활성화되지 않는데, 권력에 취해 오래 생활한 사람들도 비슷한 상태라는 것이다.

갑질에는 전염성이 있다. 직접 당하지 않아도 목격하거나 전해 듣는 것만으로도 정신적 스트레스를 경험할 수 있다. 갑질의 피해자가 나중에 가해자가 되기도 한다. '직장 내 무례함workplace incivility'을 20여 년 연구한 미국 조지타운대의 크리스틴 포래스Christine Porath는 무례한 언행에 시달린 직원의 80퍼센트는 걱정하느라 시간을 낭비하고, 48퍼센트는 고의로 업무를 대충하며, 66퍼센트는 실적이 떨어진다고 지적한다. 최근에는 직장 내 갑질에 대한 사회적 문제의식하에 '괴롭힘 방지법(근로기준법 제76조)'이 시행되고 있다. 뿌리 깊은 수직 문화를 고집하는 기업일수록 법적 리스크도 커지는 셈이다.

권위주의의 또 다른 문제는 소외다. 조직 안의 권한이 소수에게 집중되면, 권한이 없는 다수의 직원들은 시키는 일을 지정된 방식으로만 하는 부품 같은 역할로 전락한다. 과거에는 그런 직장이라도 감지덕지했지만 요즘은 그렇지 않다. 직업 선택의 자유를 중시하는 밀레니얼과 Z세대는 소모적이고 커리어에 도움이 안 되는 업무나 일자리를 견디기 힘들어한다.

자신의 의사를 반영하고 능력을 발휘하기 어려운 수동적인 업무는 직원들을 소진시킨다. 상사들은 '요즘 직원들은 책임 의식이 없다'고 비판하지만, 권한을 부여하지 않았는데 책임 의식이 생길 리 없다. '나의 일'이 아니라고 생각되는 업무는 양이 많지 않아도 힘들다고 느끼게 되고, 가능하면 안 하려고 한다. 생산성이 떨어지는 것은 당연한 일이다.

수직적인 문화 안에서 소외되는 것은 직원만이 아니다. 고객의 소외가 더 큰 문제다. 수직적 문화 속에서 직원들은 고객보다는 상사를 보고 일할 수밖에 없다. 상사가 인사권을 쥐고 있기 때문이나. 이런 상황에서 직원들은 고객에게 불이익이 되더라도 상사의 입장이나 이익을 먼저 고려하는 행동을 할 수 있다. 수직적인 조직은 고객의 이익을 우선한 유연한 대응을 하기보다 고객의 불만을 경영진이 알지 못하도록 최대한 은폐하는 경향이 있다. 반면, 고객을 직접 상대하는 직원들이 권한을 갖고 제때 필요한 결정을 하도록 하는 수평 조직은 고객의 불만에 빠르게 대응할 수 있다.

조직 생산성은 인력 투입에 대한 산출물의 비율이다. 실무자로만 구성된 조직에 관리자를 배치하면 업무를 적절히 배분, 통제, 점검함으로써 비효율을 낮추고 생산성을 높일 수 있다. 관리에는 많은 비용이 든다. 수직적 조직에서 관리자는 통상 실무자보다 두세 배 많은 월급을 받는다. 일사불란한 지시-수행 체계를 통해 직원 두세 명의 인건비 이상으로 생산성을 높이지 못하면 부서 차원에서는 생산성이 저하되는 셈이다. 수직적 조직의 생산성을 극대화하려면 다수의 비전문적인 단순 노동자를 소수의 관리자들이 지시·통제하는 방식이 되어야 하며, 관리자와 실무 직원의 비율은 최소 10명 이상이 되어야 한다.

최근에는 이런 비율을 유지하는 기업이 극히 드물다. IMF 구제 금융 이후 20년 동안 주기적인 구조 조정으로 조직 규모를 줄여 왔기 때문이다. 특히 은퇴 연령에 가까운 관리자급보다 인원이 많은 실무자를 대폭 줄인다. 그래서 최근 조직에서는 40대가 아직도 팀 안에서 '막내' 역할을 한다는 자조적인 농담이 나오곤 한다.[1] 게다가 인공지능, RPA Robotic Process

Automation, 빅데이터, 로봇 등을 사용하기 시작하면서 '관리만 하는 사람'으로서의 관리자에 대한 수요는 점점 줄어들고 있다. 이런 상황에서 억지로 비대한 관리자층과 수직적 문화를 유지하는 것은 조직 생산성을 높이기 어렵게 만든다.

수직 조직에서는 발언권도 서열 순으로 주어진다. 직급에 따른 위계질서가 공고한 조직에서 젊은 직원이 당돌하게 말을 꺼냈다가는 눈 밖에 나기 쉽다. 소통의 장벽이 생기는 이유다. 이런 상황에서는 회의 시간에 팀장만 발언하고, 직원들은 엉뚱한 업무 지시 때문에 불필요한 업무를 하는 낭비를 경험하게 된다. 특히 리더가 강압적이거나 나르시시즘 성향이 있을수록 조직 침묵은 심해진다. 구성원들은 스트레스를 피하기 위해, 학습된 무기력 때문에, 말대꾸한다고 찍히지 않기 위해, 또는 상사에게 잘 보이기 위해 말을 아끼고 침묵하게 된다.

직원이 자기 생각을 말하지 않는 것은 단순히 의사 표현의 자유를 억압하는 문제가 아니다. 회사를 커다란 곤경에 빠뜨리거나, 심지어 망하게 할 수도 있다. 지난 2013년 연비 조작 사건이 탄로 난 미쓰비시자동차의 기업 가치는 하루만에 1조 3500억 원가량 증발했다. 조사에 따르면, 연비 조작은 1991년부터 무려 26년 동안 이뤄져 왔음에도 부서 간 소통 장벽으로 인해 적발되지 못했다.[2]

수직적인 문화는 혁신과 거리가 멀다. 새로운 일을 시도하기보다는 문제가 될 수 있는 일을 못하게 하는데 최적화되어 있기 때문이다. 지시와 명령에서 벗어난 행동을 통제하는 분위기 속에서 직원들은 눈치를 볼 수밖에 없다. 매사 눈치를 보다 보면 의견이나 아이디어가 있어도 말하기 어렵다. 모든 사람들이 눈치를 보면 조직 분위기도 자연히 침체된다. 리더들은 침체된 분위기를 바꿔 보려고 회식 자리를 갖지만, 지시와 통제라는 기본 틀이 바뀌지 않는 한 눈치 보기와 복지부동은 사라지지 않는다.

조직 문화 유형 이론 중 가장 널리 쓰이는 '경쟁 가치 모델Competing Values Model'은 조직 문화를 관계 지향 문화, 혁신 지향 문화, 위계 지향 문화, 과업 지향 문화 등 네 가지로 나누는데, 여기서도 위계 지향(수직적인 문화)과 혁신 지향은 정반대 지향점으로 해석된다. 강한 위계 지향 문화를 고수하면서 직원들에게 '혁신하라'고 외치는 것은 모순이다. 몇 년 전 한 대기업에서 혁신을 강조하기 위해 경영진이 직원들을 모아 놓고 '스티브 잡스가 놀랄 만한 디자인'을 가져오라는 말을 한 적이 있었다. 혁신을 극기 훈련 정도로 이해하는 조직의 그런 주문을 직원들은 어떻게 생각했을까?

유능한 젊은 직원들은 지시 일변도의 답답한 조직 분위기를 싫어한다. 어느 정도 일을 배우고 경력이 쌓이면 다른 기업으로 옮기거나 창업을 한다. 그러다 보니 요즘 대기업에는 사원, 대리와 차장, 부장만 있는 조직이 많다. 실무를 해야 할 직원들이 이탈한 것이다. 아직 실무 경험이 부족한 젊은 직원들과 실무를 놓은 지 한참 된 관리자만 가득하니 조직 역량도 하향 평준화된다.

수직적인 문화로 악명을 얻은 기업은 경력자를 채용하기도 힘들다. 최근 구직자들은 온라인에서 기업의 조직 문화와 관련된 정보를 쉽게 얻을 수 있다. 기업 정보 사이트 잡플래닛이나 직장인 커뮤니티 앱 블라인드 등에는 각 회사의 조직 문화에 대한 생생한 정보가 쌓여 있다. 전현직 직원이 직접 리뷰를 쓰기 때문에 내용이 구체적이다. 조직 문화 '블랙 기업'으로 지적되면 여파가 오래 간다. 대부분의 구직자들이 지원이나 면접 전 조직 문화를 확인하기 때문이다.

일부 기업들이 직급을 축소하고, 호칭을 없애고, 개방형 사무실을 도입하는 등 수평적인 조직으로 보이려고 노력하는 이유는 채용 실패가 거듭되면 최악의 경우 문을 닫아야 할 수도 있기 때문이다. 이는 경기가 좋을 때에도 예외가 없다. 직원들이 직장을 옮기기 좋은 호황기에는 이직률이 더 높아진다. 실제로 일본의 경제 매체《도쿄 상공 리서치》조사에 따르면 일본 경제가 한창 호황이었던 2018년 1월에서 8월 사이 일손 부족으로 도산한 기업은 299곳에 달했다.[3]

컨설팅 기업 맥킨지의 시니어 파트너 콜린 프라이스 Colin Price는 높은 성과를 지속적으로 내는 기업들이 잘하는 네 가지 중 하나로 끊임없이 조직 자체를 변화시킨다는 점을 꼽았다. 변화의 필요성을 감지하고 발빠르게 변화의 칼날을 들이대야 한다는 것이다. 수직적인 조직은 일사불란한 실행은 잘해도 일하는 방식을 바꾸는 데는 취약하다. 방식을 바꾸면 기득권을 내놓아야 하는 경우가 많고, 자신이 잘 모르는 일이 많아지기 때문이다.

기존 조직에서 많은 권한을 쥐고 있는 사람들은 변화에 저항한다. 문제가 생기면 투명하게 공개하고 머리를 맞대서 해결하기보다는 은폐하기에 급급하다. 사일로(silo·조직 내 부서 간 장벽)와 부서 이기주의 때문이다. 이런 문화는 결국 문제를 키우고, 조직에 치명타를 가하게 된다. 수직적 조직에서는 리더들이 모든 권한을 쥐고 있는데도, 막상 문제가 걷잡을 수 없게 되면 아래에 책임을 전가한다. 문제가 생겼을 때 이렇게 묻는 것이다. "왜 나한테 보고 안 했어?"

새로운 세대가 원하는 회사

세계 인구 4분의 1을 넘어서며 빠르게 영향력을 키우고 있는 밀레니얼 세대는 우리 사회에서도 2018년 말 기준 약 1490만 명으로 전체 인구의 28.8퍼센트를 차지하며 핵심 경제 인구로 부상했다. 다양한 산업 분야에서 경영의 주요 키워드로 부각되는 가운데 밀레니얼을 사로잡지 못하면 존속할 수 없다는 위기감을 느끼는 기업도 많아지고 있다.

밀레니얼 세대를 둘러싼 기업들의 생각은 두 갈래로 나뉜다. 한 가지가 차별화된 소비 트렌드를 주도하는 소비자로서의 밀레니얼이라면, 또 하나의 중요한 측면은 조직 구성원으로서의 밀레니얼이다. 조직의 '젊은 피'로서 기존 관행과 방식에 도전하고 실무를 주도할 뿐 아니라, 소비자로서의 밀레니얼을 잘 이해하는 인력이다. 이들은 집단적 가치보다 개인적 가치를 우선시한다. 평생 고용을 보장하지도 않는 기업에서 성공하고 승진하는 데 '올인'하기보다는 정서적 안정감을 가질 수 있는 직장에서 일과 삶의 균형을 지키면서 직장생활을 하고 싶어 한다. 동료와 상사가 적당한 무관심을 유지하며 개인적 가치의 다양성을 인정해 주기를 바란다. 소속 집단과 자신을 동일시하는 정도가 낮고, 조직을 위해 개인의 희생을 강요하는 것은 비합리적이라고 생각한다. 타인이 자기 시간을 통제하는 것을 특히 싫어하는데, 한 기업의 내부 조사에 따르면 주 3~4회 야근을 하는 경우 사원급의 퇴직 확률이 부장급보다 14배 높았다고 한다. 이들은 허드렛일이나 무리한 지시를 거절할 줄 안다. 흔히 해석하듯 '헝그리 정신'이 없거나 '이기적'이어서가 아니라 참고 노력해도 돌아오는 보상은 없다고 여기는 것이다.

밀레니얼은 만족스러운 직장 생활을 위해서는 자기 결정권이 필요하다고 생각한다. 계급 위주의 수직적인 조직에서는 위에서 결정한 것에 대해 아래 직급에서 의견을 내는 것이 '불손한' 행동이었지만, 이들에게는 당연한 일이다. 시키는 대로 하라고 강요하는 선배와 상사는 꼰대라는 손가락질을 받고, 기피 대상이 된다. 회사가 교육을 시켜 주기를 바라기보다는 업무를 통해 스스로 자기 계발을 하려고 하고, 경력에 도움이 되지 않는 자리에 있기보다는 직무 또는 직장 이동을 통해 커리어를 키우고 싶어 한다. 어렵게 입사한 직장이라도 장기근속을 통해 임원이 될 것이라고 믿지 않는다. 임원이 되겠다는 생각을 하는 경우도 거의 없다. 오히려 직장을 통해 전문 분야를 확실하게 키워 하고 싶은 일도 하면서 돈도 버는 미래를 꿈꾼다. 소셜 미디어로 습득한 수평적 소통 방식에 익숙한 밀레니얼들은 불합리하다고 생각하는 일에 대해서는 반대 의견을 명확히 말한다. 선배나 상사들이 꽉 막혀 있다고 생각하면 아예 입을 닫아 버리기도 하고, 대외적으로 폭로하는 경우도 있다.

이런 밀레니얼의 특성과 그들이 원하는 조직 문화를 이해하지 못해 내부 갈등을 겪는 기업들이 많다. 최근 한 대기업 프로젝트를 하면서 200명 가까운 구성원을 인터뷰했는데, 상하를 막론하고 70퍼센트 이상이 세대 갈등 문제를 언급했다. 군대 문화와 기수 문화가 철저한 데다 30년 이상 구조 조정도 한 적 없는 '철밥통' 분위기 속에서 복지부동이 심각한 회사였다. 최근 입사자들 중심으로 조직에 대한 불만이 극에 달한 상태였다. 세대 간 문화 차이를 존중하거나 이해하려는 노력도 없었다. 퇴근만 하면 팀장들은 끼리끼리 모여 후배들을 욕하고, 젊은 직원들은 또 그들끼리 모여 회사 비판에 바빴다. 선배들은 젊은 직원들이 책임감 없고, 배우려 하지 않고, 자기중심적이며, 협동심이 없다고 지적하지만, 밀레니얼 직원들은 기성세대에 대해 언행이 불일치하고, 고압적이며, 무능력하고, 집단주의적이라고 비판한다. 그러다 보니 선배들은 후배들에게 업무를 가르쳐 주지 않고, 젊은 직원들은 상사에 대한 다면 평가에서 집중적으로 0점을 주며 맞섰다. 프로젝트팀의 차장이 한 말이 기억에 남는다. "바뀌기에는 너무 늦었어요."

기업의 구성원 차원에서는 물론, 경영 환경에서도 수평적인 조직 문화를 만들어야만 하는 여건이 조성되고 있다. 우선 성장의 방식이 변했다. 과거 한국 기업들은 해외 기업의 기술, 설계, 공정을 빠르게 배우는 방식으로 성장했다. 이런 따라잡기catch-up 게임에서는 창의성보다는 시간 단축이 중요했고, 리더의 명령에 맞춰 움직이면 됐다. 그러나 이제는 한국의 경제 발전 단계가 완전히 달라졌다. 인당 국민 소득은 3만 달러를 넘었지만, 대기업 평균 수명은 15년 이하로 짧아졌다. 기업 간 격차도 크게 벌어지고 있다. 한 게임 회사는 신작 하나로 한 해 매출 1조 원 이상을 올리지만, 한 해 동안 사업해서 은행 이자도 감당 못하는 기업이 전체의 3분의 1이나 된다. 30대 여성 CEO가 창업한 먹거리 새벽 배송 기업 마켓컬리는 창업 4년 만에 1500억 원 이상의 연매출을 올렸지만, 국내 기업 절반 정도는 기존 사업의 수익원이 사양 단계에 접어들고 있다.

전략을 바꾼다고 차별화된 성과가 나는 시대도 아니다. 맥킨지의 연구에 따르면, 최근에는 전략이 성과에 미치는 영향의 정도가 평균 10퍼센트 남짓밖에 되지 않는다. 결국 변화를 만들어 내는 실행력이 필요하다. 기업이 만드는 제품의 본질적인 차별성이 중요하다는 의미다. 스스로 변화를 만들어 내는 기업들은 성장하지만 외부 변화에 적응만 하는 기업들은 갈수록 어려워진다. 그리고 실행력은 결국 사람과 문화에 달려 있다.

최근 글로벌 기업들은 애자일agile 조직을 도입하면서 민첩하게 변화하고 있다. 애자일 조직은 불확실한 미래를 예측하고 장기 계획을 세우기보다는 빠른 실행, 피드백, 학습을 통해 고객의 요구를 충족하고자 한다. 필요에 따라 협업하는 소수 정예의 팀들이 책임감을 가지고 직접 결정하고 실행한다. 실리콘밸리 혁신 기업에서 보편화된 애자일 조직은 최근에는 업종과 관계없이 확산되고 있다. 글로벌 컨설팅 기업 베인앤컴퍼니Bain & Company 연구에 따르면, 애자일을 도입한 기업의 프로젝트 성공률은 그렇지 않은 기업의 네 배에 달한다.[4] 미국과 유럽의 IT 기업들은 이미 90퍼센트가 애자일 조직으로 변모했다. 금융, 제약, 제조, 건설 등 다양한 업계로도 확산 중이다.[5]

한국 CA 테크놀로지스와 콜맨 팍스 리서치의 2017년 조사에 따르면 한국에서 애자일 우수 기업은 6퍼센트에 불과했다. 아시아태평양 지역 평균인 29퍼센트 대비 매우 낮은 수준이었다. 애자일 솔루션 개발 전문업체 버전원VersionOne이 2018년 발표한 보고서에 따르면 애자일 도입 과정에서 기업들이 겪는 가장 큰 장애 요인은 조직 문화와 애자일 가치가 서로 상충되는 것(53퍼센트)과 변화에 대한 저항 분위기(46퍼센트) 등으로 나타났다. 애자일 혁신의 핵심은 자발성이 높은 전문가 중심의 수평적인 협업 시스템을 만드는 것이므로, 수직적 조직을 그대로 두고 애자일을 추진하는 것은 실패를 예약하는 방법인 셈이다.

인구 구조의 변화도 조직 구조를 바꾸고 있다. 인구 감소로 갈수록 일할 사람이 부족해지고 있다. 1970년에 100만 7000명, 1980년에 86만 3000명, 1990년에 65만 명이 출생

했다. 20년 사이에 세대별 인구의 약 3분의 1이 감소한 것이다. 경제 규모는 커졌는데, 일할 사람은 줄었으니 한 사람이 해야 하는 일은 훨씬 많아진다. 정규직과 비정규직 간의 차별도 뚜렷해졌다. 비정규직 임금이 동일 직무 정규직의 60퍼센트 수준이라는 통계는 현재의 노동 구조가 기업의 낮은 생산성을 사회적 약자인 비정규직들에게 전가하고 있음을 보여준다. 노동력의 고령화 문제도 있다. 우리나라 노동자 평균 연령은 1999년에 이미 40세를 훌쩍 넘겼다. 은퇴 이후에 대한 준비가 되어 있지 않아 정년 이후에도 노동 시장을 떠나지 않는 사람들이 많아지고 있다.

조직 안에서 인력 전체 규모는 감소하고 할 일은 많아지는 가운데 20대에서 60대까지 여러 세대와 외부 파견직, 계약직, 프리랜서 등 다양한 노동 인력이 함께 일하면서도 생산성을 높이려면 기존의 수직적인 구조로는 한계가 있다. 관리자보다 실무자가 훨씬 많아야 하고, 나이, 연차, 계약 형태가 아니라 전문성과 역량에 따라 조직 내 역할을 나누어야 한다. 역할과 능력에 따라 보상이 결정되고, 나이나 성별 등 개인적 차이와 관계없이 수평적으로 소통하며 협업할 수 있어야 한다.

구인난의 또 다른 원인은 고급 인력의 해외 유출이다. 스위스 국제 경영 개발 연구원IMD이 발표한 2015년 세계 인재 보고서에 따르면, 한국의 두뇌 유출brain drain 지수는 10점 만점에 3.98이다. 10점은 모든 인재가 모국에 남아 있으려 하는 것이고 0점은 모두 해외에서 구직을 하려 한다는 뜻이다. 한국은 조사 대상 61개국 가운데 44위로 하위권이었다. 인재들이 해외에서 공부한 후 국내로 들어오지 않으려는 이유는 무엇일까? 국제 무역 연구원이 이공계 해외 석·박사 대학원생과 국내 고급 과학 기술 인력을 대상으로 조사한 결과, '안정적인 일자리 부족' 및 '낮은 연봉' 외에 '근무 시간이 너무 길어서', '경직되고 폐쇄적인 분위기' 등 수직적인 조직 문화 역시 주요 원인으로 꼽혔다.

수평적 조직 문화에 대한 오해

전통적인 위계 조직은 달라진 경영 환경에서는 지속되기 어렵다. 수평적인 조직 문화에 대한 다음과 같은 오해를 해소하는 것에서 변화는 시작될 수 있다.

① 수평적 문화는 모호한 개념이다

우리나라에서 '수평적 조직', '수평적 문화', '수평적 리더십' 등의 표현이 대중적으로 쓰인 것이 10년도 되지 않았다. 축적된 경험치가 부족한 만큼 개념 정의가 미흡한 것은 사실이다. 사례 역시 주로 해외, 특히 실리콘밸리 기업 사례가 인용되고 있다. 심리학자 헤이르트 호프스테더Geert Hofstede는 '권력 거리 power distance'로 수평적인 구조와 수직적인 구조를 설명한다. 구성원들의 권력과의 거리가 가까운 조직이 수평적이라는 것이다.

② '홍보성 멘트'에 불과하다

브랜드 인지도나 안정성을 아직 확보하지 못한 스타트업 기업이 우수 인재를 초빙하려고 할 때 수평적인 문화를 내세우는 경우가 종종 있다. 이를 믿고 입사했는데 실제로는 그렇지 않다고 비판하는 직원들도 많다. 요즘은 구직자들이 온라인을 통해 회사의 근무 여건, 내부 사정, 조직 분위기, 리더 성향 등에 대해 아주 상세한 정보를 얻을 수 있다. 포장을 하려고 해도 한계가 있는 셈이다. 수평적 회사라는 멘트로 다른 약점들을 가리려는 시도에 대해서는 비판해야겠지만, 그것 때문에 수평 문화 자체를 나쁜 것으로 여길 필요는 없다.

③ 조직은 원래 수직적이다

수평적인 문화와 수직적인 문화는 상대적인 개념이다. 완전히 수직적이거나 수평적인 조직은 개념적일 뿐이고, 실제 조직은 중간의 어딘가에 위치한다고 보는 것이 현실적이다. 수평 조직의 극단에 가까운 대표적인 조직은 관리자 직급을 없앤 홀라크라시holacracy 구조로 운영되는 자포스Zappos, 미디엄, 에어비앤비, 우버, 렌딩 클럽Lending Club 같은 회사들이다. 수직 조직의 극단은 군대 조직이라고 할 수 있다.

조직 전체로는 수직적 체계를 유지하면서 특정 조직만 수평 조직으로 운영하는 경우도 있고, 조직의 구조는 위계적 체계를 유지하지만, 일하는 방식과 문화는 수평적이고 유연하며 자발성을 강조하는 회사도 있다. 애플과 아마존이 그런 사례다. 배달의 민족을 운영하는 우아한 형제들에서 '업무는 수직적, 인간관계는 수평적'이라는 가치를 지향하는 것도 비슷한 경우다.

'조직은 원래 수직적'이라는 시각은 조직을 조직도와 동일한 단어로 보는 것이다. 조직도가 조직의 전부는 아니다. 조직은 구조, 비공식적인 관행, 각종 체계와 프로세스, 사람, 문화 등을 포괄하는 복잡한 유기체를 말하는 것이기 때문이다.

④ 수평적 조직은 체계가 없다

수평적인 문화와 체계의 유무는 별개의 문제다. 경영학에서 체계는 복잡한 업무를 효율적이고 일관성 있게 운영, 관리하는 데 필요한 방법을 말한다. 협력사 관리 체계, 회계 관리 체계, 직원 보상 체계, 업무 평가 체계, 사내 소통 체계, 의사 결정 체계 등이 대표적이다. 수평 조직을 표방하는 스타트업 중 업력이 짧고 창업주들도 경험이 부족한 경우 체계 없이 업무를 추진하거나 지시하는 상황이 있을 수 있다. 그러나 이것이 수평 조직의 특징이라고는 볼 수 없다.

구글은 직장 경험이 전무한 대학원생 두 명이 창업했지만, 수평적인 조직 문화를 유지하면서 세계적인 기업을 건설했다. 수평적인 조직이면서 체계적으로 운영되는 회사는 얼마든지 많다. 물론, 그러기 위해서는 구성원의 역량과 수준이 높아야 한다. 조직 사상가 프레드릭 라루Frederic Laloux가 지적했듯 조직의 수준은 구성원의 의식 발달 수준을 반영한다.[6] 조직이 체계 없이 운영되는 것은 수평적인 구조 때문이라기보다는 구성원들의 수준이 높지 않기 때문이다.

⑤ 한국 문화에 맞지 않는다

한국 기업의 뿌리 깊은 위계 문화는 바꾸기 어렵다는 시각이다. 상상하기 어려운 변화라고 불가능하다고 단정할 수는 없다. 수평적 조직 문화의 원형을 만든 실리콘밸리 기업들도 처음부터 모두 수평적이었던 것은 아니다. 그리고 한국에서도 이미 실리콘밸리 수준의 수평 문화를 만들고 사업에도 성공한 젊은 기업들이 꽤 많다. 그런 기업의 구성원들도 한국인이다. 변화의 필요성을 체감하고, 추진하면 바꿀 수 있다. 그리

고 우리는 그런 변화를 간절하게 추구해야 한다. 수평 문화를
정착시켜야만 살아남을 수 있는 미래가 다가오고 있기 때문
이다.

위계는 비효율이다

복잡한 위계 구조와 관료주의적인 시스템은 현대 기업 조직의 발달과 함께 탄생했다. 미국의 인류학자 모튼 프리드Morton Fried는 인류의 고대 사회들이 보편적으로 평등 사회egalitarian society에서 서열 사회ranked society, 계층 사회stratified society, 국가 사회state society의 단계를 거치며 발전했다고 지적한다.[7] 정교한 수직적 관계망을 만드는 방식으로 무리의 크기를 키워 왔다는 것이다. 기업 조직 역시 마찬가지다. 기업의 성공은 필연적으로 조직의 확대를 수반하는데, 이 과정에서 위계가 생긴다. 중견 기업, 대기업 규모까지 커지면 5~6단계의 위계 구조를 갖추는 것이 일반적이다.

이처럼 오랜 시간을 거쳐 자연적으로 형성된 전통적인 위계 조직은 일사불란한 명령과 통제를 바탕으로 높은 생산성과 안정성을 유지해 왔다. 노동 집약적인 고대 농경 사회에서 대량 생산 위주의 근대 자본주의 사회까지는 수직적인 상하 관계가 잘 작동할 때 가장 효율적이다. 현대 경영 환경에서는 상황이 달라졌다. 개인의 전문성과 창의성, 다양한 관점, 신뢰에 기반한 협업이 중요해진 것이다. 이런 상황에서 수직적인 상하 관계는 오히려 조직과 사회의 발전을 막는 저해 요소가 된다. 즉, 수직적인 구조가 효율적인 실행에 필수적이라는 생각은 창의성을 바탕으로 한 새로운 가치 창출이 중요한 현대 경영 환경에서는 더 이상 적용되기 어렵다.

수직적인 구조는 일방적인 지시를 전달하는 데는 효율적이지만, 구성원 간 소통에는 취약하다. 피터 드러커Peter Drucker는 1988년에 이미 《하버드 비즈니스 리뷰》를 통해 정보와 지식이 기업의 경쟁 우위가 되는 환경에서는 수평 조직이 적합하다고 주장했다. 위계를 한 단계 거칠 때마다 소통의 잡음은 두 배로 늘어나고, 전달하려고 하는 메시지의 절반이 사라지기 때문이다.[8] 조직의 계층 수를 최소화하는 것이 조직 구조 설계의 핵심이 될 것이라고 본 것이다.

수직적인 조직은 시간이 지날수록 관리직의 수가 늘어나고, 이에 따라 부서 간 소통도 어려워지는 구조다. 저명한 경영 사상가 게리 하멜Gary Hamel은 1983년에서 2014년 사이 분야별 취업자 수 변화 추이를 분석한 미국 노동 통계국 데이터를 분석해 관리직 증가 추세가 비관리직보다 두 배 이상 빠르다는 점을 확인했다. 관리직이 아닌 취업자는 40퍼센트 증가했는데, 관리직은 90퍼센트나 증가했던 것이다. 관료주의가 심화될수록 '관리를 위한 관리' 업무가 많아지는 데다, 우수 직원을 잡아 두기 위해 관리직으로 승진시키는 경우도 늘어난다. 업무와 부서를 세분화하여 한 명의 팀장이 관리할 수 있는 일을 두 명 이상의 팀장이 나눠서 맡게 되는 것이다.

다른 한편에서는 구글, 페이스북, 아마존, 자포스, 넷플릭스, 에어비앤비 등 전통적인 위계 조직과는 다른 조직을 실험하는 기업들이 생겨나기 시작했다. 사업의 성공, 빠른 성장, 글로벌 확장에도 불구하고 수평적인 문화와 창업자 초심을 잃지 않은 이들 기업은 수직적 조직 구조를 유지하는 기업보다 월등한 성과를 냈다.

규모는 크지만 새로운 기업 가치를 계속 만들어 내지 못하는 기업들은 빠르게 도태된다. 1997년 IMF 금융 위기 이후 대한민국은 수많은 대표 기업들이 한 순간에 망해 가는 것을 목격한 바 있다. 21세기 자본주의는 덩치만 크고 굼뜬 위계적 조직들에게 생존의 여유를 주지 않는다. 전통적 위계 조직을 위기로 몰아넣는 문제점을 정리해 보자.

우선 하위 조직 간 직접 소통이 어렵다. 이들은 자원과 보상을 놓고 경쟁하는 관계이기 때문에 협업하려 하지 않고, 꼭 필요한 경우에만 공통의 상사를 통해 간접적으로 소통한다. A팀 담당자가 B팀 담당자에게 이야기하는 방식이 아니라, A팀 담당자가 A팀 팀장에게, 팀장이 임원에게, 임원이 B팀 팀장에게 전달한 후에야 B팀 담당자에 전달되는 방식이다. 이렇게 비효율적인 역U자형 소통은 개인, 팀, 본부별 줄 세우기식 성과 관리 시스템에 의해 증폭된다. 이런 비효율을 해소하기 위해서는 임원의 조율 능력이 필요한데, 대부분의 큰 조직에서 임원의 시간은 가장 희소한 자원이라 이런 조율이 적시에 이루어지지 못하는 경우가 많다.

　사원에서 CEO까지 6~7단계나 되는 계층이 흔한 대기업에서는 관리자 계층 간 업무 중복도 문제다. 이유를 만들어서 하위 조직과 인력을 늘리려 하는 상사들도 있다. 사내에서 권력을 키우는 가장 좋은 방법은 자기 조직을 계속 키우는 것이기 때문이다. 기존 인력을 잘 활용해서 비효율을 제거하려고 하기보다 '문제가 있으니 사람을 더 뽑아야 한다'고 주장하는 것이다. 다른 부서 인력을 빌려서 쓰기보다는 새로 사람을 뽑아서 자기 부서에 두려고 한다. 이런 관행들이 누적되면 전체적으로 고비용 구조가 만들어진다. 경영진은 종종 조직 슬림화를 위한 구조 조정을 시도한다. 그러나 일하고 소통하는 방식은 바꾸지 않고 사람만 도려내면 시스템 곳곳에 문제가 생기고, 얼마 지나지 않아 다시 관리자 자리가 채워지게 된다.

　전통적 위계 조직은 많은 양의 업무를 일정한 품질로 수행하는 데는 뛰어나지만 빠르게 바뀌는 환경에 대응하는 데는 취약하다. 전략을 짜고 예산을 수립하며 위임과 전결 규정을 바꾸는 등의 활동은 여러 단계의 승인이 필요하다. 너무 많은 사안들이 임원에게 보고되고, 여러 단계의 분석과 검토에 많은 시간이 소요된다. 결국 최종 의사 결정이 이루어졌을 때는 이미 환경이 바뀌어 있는 경우도 있다. 최근 경영 환경의 특징은 예측 불가능성과 빠른 변화다. 환경 변화에 대응하는 속도가 느리면 의사 결정의 실패 못지않은 큰 문제가 생길 수 있다. 일의 본질과 고객의 가치에 집중하려면 끊임없이 불필요한 낭비와 형식적인 절차를 없애서 업무의 여백을 만들어 내야 하는데, 관료적인 조직은 기존 절차를 잘 없애지 못한다.

전통적 위계 조직에 속한 직원들은 큰 기계의 부품이 된 것 같은 느낌을 받기 쉽다. 실질적인 업무는 본인이 다 처리하면서도 의사 결정 권한이 없고, 자신이 한 일의 성과는 상사가 가로챘다고 느낀다. 직장 생활의 의미를 찾기 어려운 직원들은 자발적이고 창의적으로 몰입해 일하지 않는 경우가 많다. 직원들이 몰입하지 못하는 기업은 결국 경쟁사에 고객을 빼앗기고, 수익률도 떨어지고 만다. 맥킨지 연구에 따르면 미국 기업 임원 94퍼센트가 '기업 혁신 프로그램이 만족스럽지 않다'고 답했다.

크기를 줄이면 구조가 바뀐다

많은 문제점이 있음에도 여전히 절대 다수의 대기업과 글로벌 기업들은 전통적인 위계 조직 구조를 유지하고 있다. 이에 대해 게리 하멜은 2016년《하버드 비즈니스 리뷰》기고에서 몇 가지 가설을 제시했다. 위계 조직 구조가 익숙하고 보편적인 시스템이고, 기존 관리자들의 이해관계를 대변하며, 마땅

한 대안이 없고, 아쉬운 대로 작동하기 때문이라는 것이다. 관료제적인 위계 조직 구조를 바꾼다는 것은 그만큼 쉽지 않은 일이다.

위계 조직을 변화시키는 가장 간단한 방법은 조직을 아주 작게 만드는 것이다. 구조 조정을 통해 전체 인력 규모를 줄인다는 의미가 아니다. 기존에 한 개 팀이 하던 일을 두 명이 하는 식으로 바꾸는 것이다. 열 명으로 구성된 팀에서 한두 명을 빼면, 직원들은 일이 많아진다고 불평하면서도 기존의 일하는 방식을 전혀 바꾸지 않는다. 그러나 두 명이 하라고 하면 업무에 대한 접근 방식을 원점에서 다시 생각할 수밖에 없다.

조직 규모가 작아진다고 해서 생산성이 낮아지는 것은 아니다. 미국 노스캐롤라이나대의 브래들리 스타츠Bradley Staats는 동료들과 함께 프로젝트 팀 조직의 규모와 효과성을 연구했다. 세 대학교의 MBA 과정 재학생 267명을 대상으로 한 실험에서 참가자들을 2인 팀과 4인 팀으로 구성해 동일한 팀 과제를 수행했다. 실험 결과, 2인 팀은 평균 36분 만에 과제를 완수했는데, 4인 팀은 과제 해결에 평균 53분이 걸렸다. 인원이 많으면 오히려 더 많은 시간이 걸리는 것이다.

작은 규모의 조직에서 뛰어난 성과를 낸 사례도 여럿 발견할 수 있다. 1943년 독일은 사상 최초로 제트 엔진을 장착

한 전투기 '메서슈미트Messerschmitt ME262' 모델을 개발했다. 이 신예 무기에 대한 첩보를 사전 입수한 미국 공군전술사령부Air Tactical Command는 즉각 군용 항공기 제조사 록히드Lockheed 에 대응 기종 개발을 요구한다. 전투기 개발은 통상 2년 정도 소요되는 작업임에도 전권을 위임받은 수석 디자이너 켈리 존슨Kelly Johnson은 팀을 꾸려 143일 만에 개발을 끝냈다. 계약서에 서명도 하기 전이었다. 존슨은 이런 결과를 낼 수 있었던 원인을 열네 가지 원칙으로 정리했다. 그중 하나가 바로 소수 정예의 원칙이었다. 빠른 시간 안에 혁신적이고 높은 품질의 결과를 내는 데 최적인 조직 규모는 통상적인 인원의 10~25퍼센트라는 것이다.

스마트폰 운영 체제 안드로이드 개발도 적은 인원으로 성과를 낸 사례다. 칼자이스Carl Zeiss, 애플, MSN 등에서 10여 년간 소프트웨어 엔지니어 경력을 쌓은 앤디 루빈Andy Rubin은 2003년 8명의 동료들과 모바일 운영 체계 개발사를 창업했다. 2004년 구글은 앤디의 회사를 5000만 달러(610억 2500만 원)에 인수했고, 구글은 2008년에 안드로이드를 공개했다.

이 사례들은 조직 구조에 중요한 시사점을 준다. 조직의 규모와 성과는 비례하지 않으며, 종종 반비례한다. 특히 높은 전문성이 요구되는 팀에 필요 이상으로 인력을 투입하면 오히려 성과가 나지 않는다. 조직 규모와 재무 성과가 정비례하지 않는 대표적인 사례가 유니콘 기업이다. 한국의 대표적인 유니콘 기업인 비바리퍼블리카는 가장 최근 투자에서 2조 7000억 원의 기업 가치를 평가받았다. 온라인 송금 서비스 토스Toss를 운영하는 이 회사는 업력 6년에 직원 170명 정도다. 업력 38년에 약 2400명의 직원이 근무하는 삼성증권의 기업 가치는 3조 2000억 원이다. 스타트업 기업들에 너무 낙관적인 가치 평가를 한다는 비판도 있지만, 21세기 경영 환경에서는 더 이상 조직 규모가 기업 가치와 비례하지 않는다는 것을 보여 주기에 충분한 사례다.

한국 기업에서 조직 구조를 수평적으로 바꾸려는 시도가 없었던 것은 아니다. 1980년대 중반부터 일부 대기업들은 일본식 부部, 과課 중심의 조직 구조를 미국식 팀 조직으로 대체하기 시작했고 IMF 금융 위기 이후 빠르게 확산됐다. 팀제 도입은 조직 내의 실질적인 업무 구조까지 바꾸지는 못했다. 부, 과는 없어졌지만 부장, 차장, 과장은 팀원으로 신분을 전환하여 살아남았고, 이사-상무-전무-부사장-사장으로 이어지는 임원 체계 역시 전혀 변화가 없었기 때문이다. 결국 팀제 혁신은 부서 간판을 바꿔 다는 수준의 변화에 그치고 말았다.

변화가 빠르게 정착할 수 있었던 시기에 수평적인 조직 구조로 변화하지 못한 데에는 앞서 하멜이 언급한 이유들이 모두 적용될 수 있다. 그런데 여기에 한 가지 요인을 덧붙여야 한다. '관리 범위span of control'의 문제다. 관리 범위는 한 사람의 관리자가 직접 관리하는 부하 직원의 수를 의미한다. 예를 들어 직원 50명, 관리자 10명, 조직 위계가 두 단계로만 구성된 조직은 관리 범위가 평균 5가 된다. 수평적인 조직 구조로 바뀌기 위해서는 조직 내 관리자와 조직 계층을 줄여야 한다. 조직의 업무량과 직원 수에 변동이 없다고 가정할 때, 관리자 수를 줄이면 관리자 한 명당 업무량은 늘어날 수밖에 없다. 관리 범위가 커지는 것이다. 이 상태에서 업무가 지연되지 않고, 관리자도 추가 근무의 부담을 떠안지 않으려면 실무자에게 권한을 위임함으로써 관리 업무를 줄여야 한다.

자율성을 높이는 계층 구조

구글이나 페이스북 같은 기업들은 작은 스타트업에서 시작해서 거대 기업이 되었지만 작은 팀들이 프로젝트 중심으로 빠르게 결정하고 실행하는 체계를 유지했기 때문에 관료주의로 변질되지 않았다. 처음부터 수평적인 구조와 문화를 단단하게 잘 만들고 나서 스케일업scale-up 하는 방식으로 규모를 키운 것이다. 스타트업의 성장 과정에서 이러한 구조를 유지하는 것이 쉬운 일은 아니다. 스타트업이 성장하면 대기업 출신 외부 경영진과 중간 관리자가 많아지고, 조직 전체가 빠른 속도로 대기업식의 위계적인 구조와 시스템으로 변하기 때문이다. 그러나 대기업 구조를 수평적인 팀 조직으로 전환하는 일은 더 어렵다.

덴마크의 레고LEGO는 위계적인 대기업 조직 구조를 수평적인 구조의 팀 중심 조직으로 성공적으로 전환한 사례다. 레고는 독창적인 제품과 특허를 바탕으로 수십 년간 성장을 구가했지만, 경쟁 격화, 조직 비대화, 채무 누적 등으로 2003년 파산 직전의 위기에 처했다. 2004년 부임한 새로운 CEO 예르겐 비 크누스토르프Jørgen Vig Knudstorp는 사업과 인력을 구조 조정한 후 핵심 가치 복원, 디자인 연구 강화, 1만 4200종의 블록 종류를 절반으로 줄이는 라인업 정리 등의 혁신을 통해 무너져 가던 회사를 세계 1위 장난감 기업으로 되살려 냈다.

그럼에도 불구하고 사업이 성장하자 조직 규모는 다시 세 배로 커지고 복잡성도 증대되었으며, 마케팅, 제조, 물류 등 주요 협업 프로세스에서 비효율이 나타나기 시작했다. 이에 레고는 2011년 다시 한 번 조직 혁신을 단행했다. 우선 고위 경영진의 계층 하나를 제거함으로써 의사 결정의 속도를 높였다. 그리고 5개 사업 본부로 묶여 있던 조직의 벽을 트고, 운영, 마케팅, 비즈니스 인에이블링Business Enabling 등 3개 부문으로 축소, 재편했다. 사업 본부의 사일로 안에 안주할 수 없도록 해 자율성을 가진 작은 팀들이 더 주도적이고 적극적으로 협업하도록 한 것이다. 이런 혁신은 2012년에서 2016년

까지 5년 동안 연평균 15퍼센트 매출 성장에 결정적인 영향을 미쳤다.[9]

기능 중심의 수직적인 조직 체계 자체는 유지하면서도 책임을 전가하는 관료주의적 병폐를 방지하는 방식으로는 애플의 DRI 제도가 있다. 애플에서는 어떤 업무에 대한 현황을 파악하거나, 상의할 일이 있을 때 그 업무의 DRI가 누군지 묻는다. 애플의 DRI는 스티브 잡스 시절에 만들어진 제도로, 'Directly Responsible Individual(직접 담당자)'의 약자다. 아무리 복잡하고 여러 부서가 얽힌 문제라도 그 업무의 DRI로 지정되면 그 사람이 궁극적인 책임을 져야 하고, 수단과 방법을 가리지 않고 완전하게 해결해야 한다. 자신의 책임인 사안을 제대로 챙기지 못해 문제가 발생하면 해고까지 각오해야 한다. 이 제도는 애플이 세계 1~2위의 기업 가치를 지닌 제조업 기반 기업으로 성장하면서도 탁월한 품질과 지속적인 혁신을 이루어 내는 기반이 된 조직 문화의 핵심이라고 할 수 있다.

DRI는 그 업무를 잘 알고 직접 수행하는 사람으로, 부하 직원에게 지시하고 관리 책임만 지는 역할이 아니다. 따라서 일반적인 위계 조직의 경우처럼 지시, 보고, 승인 업무가 파생되지 않는다. 본인이 DRI로 지정된 업무에 대해서는 별도의 지시를 기다릴 필요 없이 바로 실행하고, 도움이 필요한 부분은 가장 적절한 사람에게 요청한다. 신제품 개발 총책임자가 특정 부품과 관련한 현황을 알고 싶으면 해당 부품의 DRI에게 직접 물어본다. 이런 업무 방식은 직원들이 강한 책임감과 전문성을 갖춘 조직에서 성공할 수 있으며, 애플이 기본적으로 수직적 조직 구조를 유지하면서도 유기적인 팀워크와 강한 실행력을 유지하는 비결이다. DRI 방식은 애플 출신들이 다른 회사로 옮기면서 전파되었고, 한국의 경우 비바리퍼블리카가 도입하여 사용하고 있다.

유동 팀 시스템

관료주의는 권한을 관리자의 손에 집중시키는 대신 관리 범위는 좁게 하고 권한 위임은 거의 못하게 하는 시스템이다. 이를 수평 구조로 전환하려면 관리 범위를 넓히고 권한을 대폭 위임하도록 해야 한다. 관리자는 중요한 업무에 집중하고 직원들의 업무를 시시콜콜 챙기지 않는다. 직원들은 상사에 의존하지 않고 자기 책임하에 업무를 추진하면서 전문가로 성장한다. 스스로 동기가 부여되는 일을 찾고, 협업을 통해 수행하고, 결과는 동료의 피드백을 바탕으로 평가받는다. 실무자의 업무 완성도가 높아질수록 관리자가 챙길 일은 줄어든다. 이런 선순환이 반복되면 조직은 크게 전문가 집단, 관리자 집단의 두 계층으로 축약된다. 수평적 조직이 완성되는 것이다.

그러나 미시적 차원의 관리 범위 문제를 해결하지 못한 상태에서 팀제를 도입한 한국 기업들은 이런 변화를 제대로 경험하지 못했다. 팀이라는 외양은 갖췄지만, 그 안에서 일하는 사람들의 방식에는 변화가 없었기 때문에 외양과 현실 사이의 간극을 채울 무엇인가가 필요했다. 바로 회사 직제에 존재하지 않는 비공식 직책이었다. 공식 직책인 팀장 밑에 파트장, 그룹장, 부팀장 같은 자리가 만들어지는 것이다. 모 대기업의 경우는 팀장이 상무 또는 고참 부장급이고 사원에서 부장까지 팀원인데 실제로는 과장급 이상을 간부로 대접하는 절충형 인사 관리를 해왔다.

실질적으로 수평적인 조직 구조를 만들고 관리 범위의 문제도 일으키지 않으려면 거시적인 조직 구조와 함께 미시적인 팀 업무 구조가 동시에 바뀌어야 한다. 실무적인 의사 결정권을 단위 조직에 대폭 위임하고, 단위 조직 안에서도 관리자보다는 실무자 중심으로 업무가 운영되며, 임원의 역할은 명령과 통제에서 탈피하여 방향 제시와 조직 개발에 집중되어야 한다.

전통적인 위계 조직은 경직된 조직 운영 모델 때문에 구성원이 늘어나면 조직의 계층을 수직으로 확대한다. 네 명의 팀원과 한 명의 관리자인 부서에 사람을 다섯 명 충원하면, 부서장 한 명에 중간 관리자 두 명, 일반 팀원 일곱 명으로 조직을 구조화한다. 이런 식의 운영 모델하에서는 인원의 증대가 자연스럽게 위계의 확대로 이어진다. 대기업에서 5~6단계의 위계를 흔히 볼 수 있는 이유다. 이런 팀 운영 모델을 고려하지 않고 계층 축소를 시도하면 조직은 시간이 지나면 다시 원래대로 돌아간다. 이런 악순환을 탈출하려면 결국 팀 중심의 운영 모델을 확실하게 정착시키는 것이 우선이다. 사업, 프로젝트, 과업, 인원이 많아져도 계층을 확대하지 않으면서 팀의 수를 자유자재로 늘이고, 줄이고, 전환하는 능력을 갖추어야 한다.

세계적인 팀 조직 전문가인 하버드대의 에이미 에드먼드슨Amy Edmondson은 위계 조직과 수평 조직의 전형적인 팀 운영 모델을 고정 팀Fixed team과 유동 팀Fluid team 개념으로 명쾌하게 구별했다. 전통 조직에서 일반적인 고정 팀은 지시받은 팀 목적을 수행하고, 팀 내부 구조와 역할이 고정적이며, 기존 업무를 효율적으로 수행하는 데 집중한다. 팀 권한은 소수에 집중되어 있고, 전문 영역이 같은 사람들로 구성된다. 반면 수평 조직에 잘 맞는 유동 팀은 스스로 미션을 정의하고, 외부 변화에 유연하게 반응하며, 새롭고 복잡한 문제 해결에 집중하고, 팀 권한이 분산되어 있고, 다양한 분야의 전문가들로 구성된다.

유동 팀은 프로젝트 중심의 팀 운영에 최적화되어 있

고, 미션을 완수하면 쪼개져서 다른 그룹과 합치는 식으로 운영되기 때문에 수평 조직에 적합하다. 구글은 검색으로 시작해서 광고로 사업을 확장했지만 지금은 다양한 프로젝트들을 하고 있다. 시도하는 프로젝트 중에 성공하는 것은 소수다. 많은 실패가 있기에 큰 성공도 있는 것이다. 지메일, 구글 맵, 구글 글래스, 자율주행차 등의 새로운 시도들은 모두 유동 팀으로 진행한 사례들이다.

유동 팀에 있어 중요한 것은 팀 자체가 아니라 티밍 teaming, 즉 팀 운영 모델이다. 기업 안에서 새롭고 도전적인 과제는 갈수록 유동 팀이 맡게 되고, 일반적인 운영 업무는 자동화, 알고리즘화되어 갈 것이다. 미래의 조직에서는 고정 팀의 비중이 줄고 유동 팀의 비중이 높아질 것으로 예상된다. 유동 팀은 조직에 따라 다른 이름으로 부를 수 있고 팀을 설계하고 운영하는 방식도 다양하지만, 몇 가지 공통적인 특성을 갖춰야 한다.

우선 자기 완결적으로 프로젝트를 완수할 수 있도록 다양한 분야의 직원들로 팀이 구성되어야 한다. 핵심 역량을 내부에 갖추지 못하면 지속적으로 다른 팀의 자원을 빌려 써야 하기 때문에 비효율적이다. 물론, 인력 구성이 모두 정규직 내부 직원일 필요는 없다. 계약직, 임시직, 컨설턴트, 전문가 패널 등을 모두 활용할 수 있다.

또한 팀 내 역할을 유동적으로 교환해서 수행할 수 있어야 한다. 이를 위해서는 팀 구성원들이 고도의 숙련도와 전문성뿐 아니라, 팀으로서 일하는 경험과 리더십 스킬을 갖춰야 한다. 스트레스가 많은 상황에서 미션을 염두에 두고 다른 팀원들과 일체가 되어 움직여야 하고, 맡은 과업은 책임지고 해낼 수 있어야 한다. 역할은 누가 정해 주는 것이 아니라 각자의 강점에 따라 팀원들과 협의해서 정하고, 상황에 따라 바꿀 수 있다.

누구나 리드할 수 있는 구조를 갖추는 것도 중요하다. 팀 내에 위계가 없고, 어느 한 사람에게 지시를 받거나 보고하는 것이 아니라 모든 멤버가 팀 전체에 대해 책임을 지는 형태다. 팀이 수행하는 다양한 과업들을 누가 주도적으로 리드할 것인지에 대해서도 경험, 전문성 등을 고려하여 합의에 따라 결정한다. 일을 시켜야 할 경우에도 필요성을 설명하며 '부탁'한다. 다른 팀원을 돕지 않는 동료는 나쁜 평가를 받고 배제되는 방식으로 관리되는 구조다.

유동 팀의 목표는 곧 프로젝트 목표여야 한다. 목표가 있기 때문에 팀이 형성되고, 목표가 달성되면 팀은 다른 목표를 찾지 않는 한 해체된다. 단지 팀을 유지하기 위해 조직에서 어떤 업무를 부여해 주는 것이 아니다. 기본적으로 유동 팀은 고정 팀보다 존속 기간이 짧고, 상대적으로 짧은 기간 안에 생성-형성-성과-소멸의 주기를 경험하게 된다. 유동 팀 위주로 업무를 하는 구성원은 다양한 팀을 경험하게 되고, 풍부한 과업 경험과 문제 해결 능력을 갖출 수 있다.

호칭과 혁신의 상관관계

조직 개발 분야의 전문가 에드거 샤인Edgar Schein은 조직 문화를 중층의 구조물로 보았다. 가장 깊숙한 곳에는 '심층의 가정underlying assumptions'이 있고, 그 위에 '표방된 신념 및 가치espoused beliefs and values'가, 표면적으로는 관찰 가능한 '행동과 인공물artifacts and behaviors'이 존재한다는 것이다. 대표적인 예로, 군대 내에는 '상관을 존중하고 명령에 복종하지 않으면 군기가 해이해진다'는 심층의 가정이 있다. 이런 가정은 군인 복무규율에 명시되어 있다. 그리고 이런 가치는 거수경례, 관등성명, 얼차려 같은 행동과 관습을 통해 확인할 수 있다.

기업에서도 구성원의 행동과 인공물은 쉽게 관찰할 수 있는 요소로, 해당 조직이 가지고 있는 가정, 신념, 가치 등을 유추할 수 있도록 해준다. 사무실의 배치, 직원들의 복장, 출퇴근 시간, 회의 방식, 보고서의 형태, 회식 건배사, 내부 용어, 출입 보안 등이 모두 관찰 가능한 범위에 포함된다. 샤인은 조직 문화가 변화하기 위해서는 심층의 신념 및 가치가 바뀌어야 한다고 했다. 눈에 보이지 않는 신념과 가치를 직접적으로 바꾸는 데는 한계가 있다. 먼저 행동과 인공물을 변화시켜 역으로 신념과 가치를 바꿀 수도 있다. '출근 시간 바꾸고, 청바지 입고, 호칭 없앤다고 혁신이 되느냐'는 비판을 알면서도 기업들이 이런 시도를 하는 이유다. 수평적 문화로 바뀌기 위해서는 구조를 바꾸는 것과 함께 조직 문화의 또 다른 한 축인 인공물, 즉 상징과 의례 체계를 함께 바꿔야 한다.

기존에 당연시했던 서열 구분과 차별 문화의 핵심에 직위 호칭 체계가 있다. 위계적인 문화를 상징하는 상하 관계는 전통적인 직위 호칭 체계에서 잘 드러난다. 직무 중심 인사 체계가 일찍 자리 잡은 외국과 달리 한국에서는 사원-대리-과장-차장-부장 순의 직위를 호칭으로 사용하는 체계가 수십 년간 유지되어 왔다. 수직적 관계는 그대로 둔 채 수평적 문화를 만든다는 것은 모순이다. 이런 모순은 현장에서 다양한 형태로 나타난다. 대표적인 것이 팀원 간의 갈등이다. 팀원으로서 같은 역할을 하고 있는데, 직급이 높다는 이유로 업무를 떠넘기고 고압적인 태도를 취하는 사람이 있다면 소통이나 협업이 어렵다.

이런 문제점을 인식한 국내 기업들은 오랫동안 기존의 직위 및 호칭 체계에서 탈피하기 위한 다양한 시도를 해왔다. 가장 간단한 방식은 직급은 그대로 둔 채 직위의 명칭을 바꾸는 방식이다. 급여 지급의 기준이 되는 직급은 그대로 둔 채,

직위만 사원과 대리는 선임, 과장 및 차장은 책임, 차장과 부장은 수석 식으로 대체하는 것이다. 바뀐 직위가 새로운 호칭이 된다. 이렇게 하면 직원들은 직위 호칭이 기존과 다른 것으로 바뀌고 직위 개수가 줄었다는 정도의 느낌을 받는다. 수평적인 느낌까지는 들지 않지만, 승진 기회가 줄었다는 데 대한 약간의 서운함은 있다. 인사 제도를 거의 안 바꿔도 된다는 점은 편리하다. 상당히 많은 회사들에서 이런 방식을 적용했다.

조금 더 나아간 방식은 실질적으로 직급 자체를 줄이는 것이다. 미국에서 브로드밴딩broadbanding이라는 이름으로 1990년대에 유행한 이 방식은 한국에서도 호봉제를 연봉제로 바꾸는 논리로 도입됐다. 많은 직급(호봉)을 운영하는 방식에는 보상이 성과보다 연차에 연동되는 고질적인 문제가 있다. 이를 극복하기 위해 직급 개수를 3분의 1, 4분의 1 정도로 대폭 줄이는 것이다. 최근에는 보상 관리 목적 외에도 조직문화 수평화를 위해 직급을 더 줄이고 있다. 2017년 3월 삼성전자가 기존 7단계(사원1, 사원2, 사원3, 대리, 과장, 차장, 부장)에서 4단계(CL1~CL4)로 직급을 단순화한 것이 대표적이다. 사실상 거의 대부분의 상위 그룹사들이 이런 변화를 도입하고 있다.[10]

한 단계 더 나아간 방식은 직급 파괴를 직책, 임원 포지션에까지 확대, 적용하는 것이다. 이런 변화는 국내에서 최근

2~3년 사이 나타나기 시작했다. 변화에 선도적으로 나선 것이 SK그룹이다. 2018년 일부 계열사부터 시작하여 2019년 8월 전격적으로 임원 직급을 없앴다.[11]

최근 국내 스타트업 업계에서는 '님' 호칭이 보편화되는 추세다. 직급을 없애는 경우도 있지만 소수다. 있는 직급을 없애는 것은 일부 구성원들에게는 불이익으로 간주돼 부정적으로 받아들여질 수 있다. 역할과 직급은 남기되 호칭만이라도 위계적 요소를 없앰으로써 구성원 간에 격식과 체면을 따지지 않고 토론할 수 있도록 하는 것이 현실적이다. 영어 이름을 쓰는 대안을 선택하는 기업도 적지 않다.

위계의 상징인 직위가 없어지거나 바뀌는 데에는 큰 의미가 있다. 직위는 사실상 조직 안에서 계급으로 작용해 왔기 때문이다. 말은 사람의 생각과 행동에 영향을 미치기 때문에, 부를 때마다 사람의 위치와 서로의 서열을 상기시키는 직위 호칭을 바꾸지 않고 뿌리 깊은 서열 의식을 없애기는 어렵다.

물론 직급 파괴 시도가 실패하는 경우도 있다. 몇 년 정도 제도를 시행하다가 다시 기존의 직급 체계로 되돌아간 KT, 포스코 등의 사례는 다른 기업들이 직급 파괴를 주저하는 이유가 되기도 한다.[12] 그러나 실패한 경우를 잘 분석해 보면 직급 파괴가 제대로 이루어지지 않았기 때문임을 알 수 있다. 대표적인 것이 임원을 제외하는 경우다. 임원들은 제외하고 직원들만 대상으로 직위를 없애면 중간 관리자층의 불만이 클 수밖에 없다. 또 다른 이유는 공감대를 충분히 형성하지 않고 성급하게 추진한 것이다. 아무리 이유가 타당하더라도 오랫동안 익숙했던 방식을 한 번에 바꾸려면 충분한 소통을 통해 공감대를 만들어야 한다. 합의된 관행을 지키지 않는 것을 방관하는 것도 문제다. 이런 문제 때문에 한 대기업에서는 임원 집무실 앞에 "○○님이라고 불러 주세요"라는 팻말을 제작하여 일제히 붙여 놓기도 했다.

직위와 호칭 외에도 서열 의식을 강화하는 다양한 상징 요소들이 있다. 호칭은 서로 대등하게 '○○님'이라고 하면서 임원들에게는 인당 3만 원짜리 스테이크를 제공하고 직원들에게는 4000원짜리 급식을 제공한다면 서열 의식은 강화될 수밖에 없다. 월급이나 보너스는 하는 일에 따라 달라지지만, 그 외에 직무와 관계없는 부분에 불필요하게 차이를 두는 것은 좋지 않다. 조직 구조와 직위 체계를 수평적으로 바꾼다면 다른 상징적인 부분에서도 차별적인 요인들을 찾아서 없애야 한다. 조직 안에서 서열 의식을 조장하는 불필요한 차별의 대표적인 사례를 몇 가지 짚어 보자.

먼저 공간의 차별이다. 인간이 외부 세계와 접촉할 때 사용하는 감각의 비율은 시각이 80퍼센트라고 한다. 눈에 보이는 것이 사람의 인식에 압도적인 영향을 미치는 이유다. 일터는 직장인들이 매일 눈으로 보고 생활하는 물리적 영역이다. 공간의 차별은 서열 의식에 직접적인 영향을 미친다. 대표적인 것이 일반 직원들의 근무 장소와 분리된 별도의 임원 집무실과 지정 주차석이다. 임원 집무실 공간은 대개 널찍하고 채광도 좋은 데다 고가의 소파와 사무용 가구가 비치된 경우가 많다. 경우에 따라서는 임원들이 타는 엘리베이터가 따로 있고, 구내식당에 일반 직원용과 임원용 공간이 구분되어 있는 경우도 있다. 이런 차별을 없애기 위한 노력 중 대표적인 사례로 페이스북의 CEO 마크 저커버그를 들 수 있다. 그는 따로 집무실을 두지 않고 다른 직원들과 같은 책상에 앉아서 근무를 한다. 최근에는 국내 기업에서도 이런 방식이 늘고 있다.

다음은 복지의 차별이다. 기업들은 임직원을 위해 다양한 복지를 제공한다. 그런데 복지는 만들기는 쉬워도 없애기는 어렵기 때문에, 직급별로 차등을 두는 경우가 대부분이었다. 물론 복지가 업무와 연관성이 있는 경우에는 큰 문제가 되지 않는다. 예를 들어 임원들이 외부 일정이 아주 많다면 매번 택시를 타고 다니는 것보다 업무용 차량을 지급하여 효율적으로 시간 관리를 하도록 하는 것이 합리적이다.

그런 이유 없이 단지 직책이나 직급에 대한 예우 차원에서 복지를 차별하는 경우는 문제가 될 수 있다. 사원은 13시간

걸리는 뉴욕 출장을 갈 때도 이코노미 클래스를 이용하는데, 임원은 2시간 걸리는 중국 출장에서도 비즈니스 클래스를 타도록 하는 것이 대표적이다. 이런 눈에 보이는 차이를 시정하려는 노력이 필요하다. 직원들의 불만을 고려하면 가능한 한 높은 기준에 맞추는 것이 좋다. 만약 비용을 감당하는 것이 어렵다면, 임원들이 희생하는 것이 수평 조직으로 나아가는 방법이다.

정보의 차별도 개선하는 것이 좋다. 세계적인 경영 석학 헨리 민츠버그Henry Mintzberg는 관리자의 역할을 크게 관계interpersonal, 정보informational, 의사 결정decisional과 관련된 것으로 나눈 바 있다. 조직 안에서 정보를 취합하고 전파하는 역할은 조직 관리에 중요하다. 그런데 위계적인 조직일수록 고급 정보가 소수에 집중되는 경향이 있다. 중요한 내부 정보를 임원이나 팀장들까지만 알려 주고 직원들에게는 비밀로 하는 것이다. 전략 기획팀 등 힘 있는 부서들이 대표 이사 보고 자료를 현업 부서에 공유하지 않으면서 필요한 데이터는 내놓으라고 요구하는 경우도 그런 사례다. 정보 보안은 분명히 필요하지만, 보안 정보 취급의 기준은 직급이 아닌 직무여야 한다. 직무 관련성과 별개로 직급 기준으로 중요 정보를 점유하도록 하는 것은 불필요한 정보 우위를 낳고, 이를 부당하게 이용하려는 마음이 생기게 한다.

비바리퍼블리카 이승건 대표는 "수평적 조직에서는 대표 이사나 임원만 아는 정보가 있으면 안 된다"고 말한다. 실제로 비바리퍼블리카에서는 직원들이 임원의 법인 카드 사용 내역까지 확인할 수 있다. 구글은 경력 직원이 입사하는 날부터 회사의 제품 정보, 출시 계획, 조직별 목표, 소스 코드 등 다른 회사 같으면 기밀로 취급할 정보에 제한 없이 접근할 수 있다. 정보의 차별이 없는 것이다. 이렇게 할 수 있는 것은 구성원이 내부 정보를 유출하거나 회사에 불리한 방향으로 남용하지 않을 것이라는 신뢰가 있기 때문이다.

마지막으로 인사상의 차별이 있다. 회사의 기본 인사 원칙은 모든 사람에게 공통적으로 적용되어야 한다. 일부 기업의 경우 임원이나 팀장에게 특혜가 주어지는 경우가 있다. 임원이나 팀장의 자녀에 대해서 채용 특혜를 주는 경우, 원칙대로 하면 징계 대상이 될 사안에 대해서도 감싸기 식으로 넘어가는 경우, 직원들과 현저하게 차이 나는 특별 보너스 지급 등이다.

업계 최고 수준의 보너스로 유명한 국내 모 대기업은 어느 해 거액의 과징금 때문에 적자를 내 보너스를 지급하지 못하게 되었다. 그런데 임원들에게만 몰래 특별 보너스를 지급한 사실이 나중에 알려졌고, 직원들의 실망은 분노로 바뀌었다. 많은 직원이 퇴사했고, 상하 갈등이 고조되었으며, 조직 분위기가 악화됐다. 직원들은 몇 해가 지나도 그 일을 잊지 않고, 두고두고 임원들을 비난했다.

국내 기업에서는 성별에 따른 인사상 차별도 심각한 문제로 지적되고 있다. 선진 기업들에서는 지난 20년 동안 다양성과 포용Diversity and Inclusion이라는 주제가 조직의 주요 관심사로 다뤄지고 있다. 이는 인사상의 차별을 없애는 데서 시작한다. 같은 직군 직원들의 성별 평균 급여 차이를 개선하는 것부터 시작되어야 한다. 유럽에서는 최근 성별 동등 임금equal pay을 보장하는 것을 인권 차원에서 접근하기도 한다. 한국노총의 최근 연구에 따르면 2018년 기준 우리나라의 성별 임금 격차는 37.1퍼센트로 OECD 최고 수준이었다. 주로 여성 경력 단절 등 구조적인 요인이 임금 격차를 발생시키는 것으로 알려져 있다. OECD도 2002년부터 국가별 성별 임금 격차를 조사해 왔는데, 한국이 매년 큰 차이로 1위를 차지하고 있다. 성별 차별 문제는 수평 조직으로 가기 위해 반드시 개선해야 할 문제다.

권력 거리를 좁혀라

권한, 주인 의식, 책임감

수평적인 문화로 변화를 시도하는 기업들이 일반적으로 가장 먼저 바꾸려 하는 것은 호칭, 직위 체계 등이다. 이런 시도에 효과가 없는 것은 아니지만, 호칭과 직위 체계만 바꾼다고 해서 수평적인 조직이 완성된다고 볼 수는 없다. 수평 조직의 핵심은 조직 내의 권력이 한 곳에 몰려 있지 않고 분산되어 있다는 점이다. 권력 행사와 가장 밀접하게 연관되어 있는 것은 조직 내의 의사 결정이다.

전략 개념을 경영학에 도입한 하버드대 알프레드 챈들러Alfred Chandler는 전략을 '조직의 목적을 정하고 그것을 달성하기 위한 행동 방식 및 자원 배분을 결정하는 것'으로 정의했다. 이 정의에 따르면 경영 전략은 목적과 수단의 적절한 조합을 찾는 의사 결정의 연속이라고 할 수 있다. 의사 결정이 중요한 일차적 이유는 경영 활동에 요구되는 자본, 인력, 기술 등 자원이 한정되어 있기 때문이다. 희소한 자원을 배분하는 의사 결정의 주체는 다양한 방식으로 정해진다.

우선 의사 결정으로 인해 영향을 받는 당사자들이 직접 결정하는 방식이 있다. 유연 근무제를 도입할 때 직원이 자신의 출근 시간을 선택하는 것을 예로 들 수 있다. 여러 사람이 합의하여 결정에 도달해야 하는 사안에 대해서는 토론, 투표, 위원회 등의 방식을 통해 집단 의사 결정을 하는 것도 가능하다. 직접 결정 방식은 가장 민주적이고 수용성도 높지만, 결정에 도달하지 못하거나 많은 시간이 소요될 가능성이 높다.

두 번째는 관리자에 의한 의사 결정이다. 약 100년 전 프랑스의 사업가이자 경영학의 창시자 중 한 명으로 꼽히는 앙리 파욜Henri Fayol은 관리자의 기능을 계획, 조직화, 조정, 결정, 통제로 정의했다. 의사 결정을 관리자의 핵심 업무 중 하나로 규정한 것이다. 관리자들은 사업과 조직에 대한 통찰을 바탕으로 사업 운영에 필요한 의사 결정들을 빠르고 효율적으로 내릴 수 있다. 그러나 사업 및 경영 환경이 복잡해지면서 관리자가 모든 사안에 효과적으로 의사 결정을 내리기는 어렵게 되었다.

세 번째는 전문가에 의한 의사 결정이다. 경영 분과가 세분화되면서 의사 결정에 요구되는 전문성의 수준도 높아졌다. 해당 업무를 제일 잘 아는 실무 전문가는 의사 결정에 필요한 정보도 가장 많이 가지고 있다. 조직 내부의 전문성이 부족할 때는 컨설팅 기업과 같은 외부 전문가를 고용하여 의사 결정에 도움을 받기도 한다. 이런 경우에도 내부 전문가들이 외부 컨설턴트와 조직을 매개하는 역할을 수행하는 것이 일반적이다.

전통적 위계 조직에서는 의사 결정을 하는 사람과 실행하는 사람이 나뉘어 있다. 이와 같은 구분의 원형은 근대적 군대 조직의 '지휘관-사병 모델'에서 찾을 수 있다. 지휘관이 다양한 정보를 바탕으로 작전 계획을 짜서 하달하면 사병들은 지시대로 작전을 수행한다. 지휘관은 머리, 사병들은 손발 역할을 하는 셈이다. 그런데 지식 노동의 시대에 이런 모델은 효과가 떨어진다. 관리자가 아닌 사람들도 머리 역할을 할 수 있게 되고, 거의 모든 직원들이 머리를 써서 일해야 하는 시대가 된 것이다. 그런데도 전통적인 조직 모델을 고수하는 기업들은 여전히 지휘관-사병 분업에서 기원한 의사 결정 모델을 버리지 않는다. 여기서 다양한 문제가 파생된다.

전문가가 아닌 관리자들이 의사 결정을 독점하는 경우, 의사 결정의 질과 효율성 면에서 손실이 발생할 수 있다. 전문가가 판단해서 바로 실행해도 되는 것을 관리자를 위해 일일이 보고서를 써서 올리고, 모르는 것은 설명해서 이해시키고, 근거를 찾아서 설득해야 한다. 필요 이상으로 시간과 인력이 낭비되고, 불필요한 업무가 가중된다. 관리자를 설득해서 승인을 받았더라도, 그 과정에서 소요된 시간 때문에 더 기민한 경쟁사나 스타트업에 우위를 빼앗길 가능성이 높다.

의사 결정은 조직의 방향성을 결정하는 것이다. 무슨 일을 얼마만큼 어떻게 할지, 누가 맡을지, 결과를 어떻게 평가할지 등을 조직 목적에 맞게 정해야 한다. 경영 환경이 복잡하고 변화가 빠를수록 의사 결정의 난이도가 높아지기 때문에 관리자들은 끊임없는 업무량 증대에 시달리게 된다. 보스턴 컨설팅그룹Boston Consulting Group에 따르면, 이미 2011년에 기업 경영의 복잡도는 수십 년 동안 매년 평균 6.7퍼센트 정도씩 증가하고 있었다.[13]

조직 내 의사 결정과 관련해 사전에 합의된 방식을 거버넌스governance라고 한다. 너무 민주적인 거버넌스는 의사 결정의 피로를 야기하기 쉽다. 많은 참여자가 각자 자기 주장을 고집하면 합의에 도달하기 어렵기 때문이다. 빠른 결정과 강한 추진력이 필요할 때 모든 사안을 일일이 토론해서 표결하면 정상적인 사업 운영이 어렵다. 반대 지점에는 독재적인 거버넌스가 있다. 한 사람이 모든 결정을 내리고 조직 전체가 이를 따르는 것이다. 작은 조직이라면 경륜과 판단력을 갖추고 구성원의 신임을 받는 한 사람이 모든 결정을 할 수도 있겠지만, 현대 기업에서는 최적이라 보기 어렵다.

좋은 거버넌스는 너무 허술하지도, 복잡하지도 않으며, 합리적이다. 이를 위해서는 몇 가지 공통적인 요인들이 갖춰져야 한다. 첫째, 전문가 중심의 분산된 결정이다. 실무에 대한 결정은 실무자가 바로 내리고, 거시적이고 중장기적인 사안들만 전문가의 의견을 수렴하여 관리자가 결정한다. 둘째, 조직 전반의 목표 공유다. 결정이 분산되면 속도는 빨라지지만 결정의 일관성이 충분히 지켜지지 않을 수 있는데, 이런 위험을 줄이기 위해서는 모두가 조직 목적을 염두에 두고 결정을 내려야 한다. 셋째, 투명한 공유다. 의사 결정의 근거와 결과에 대해서는 원칙적으로 조직 내 누구나 열람하고 업무에 참고할 수 있어야 한다. 그래야 업무의 중복을 방지하고, 앞선 결정 및 실행에 실수가 있더라도 나중에 보완할 수 있다.

이런 요인들을 잘 갖추고 운영된 회사의 사례로 브라질의 시스템 엔지니어링 기업 셈코Semco를 들 수 있다. '자율 경영'으로 세계에 잘 알려진 이 회사는 2005년 2월 CEO 히카르두 세믈러Ricardo Semler가 운전 중 큰 교통사고를 당하면서 위기를 맞았다. 수개월간의 CEO 부재에도 회사 경영에는 문제가 없었다. 세믈러는 이것이 "구성원들의 높은 주인 의식 때문"이라고 언급했다.[14]

이처럼 높은 주인 의식을 가능하게 한 것은 수평적인 조직 운영 방식이었다. 셈코의 주요 의사 결정은 최고 경영진이 아니라 일반 직원들의 회의체인 '12인 위원회'가 검토하고, 모든 경영 정보는 투명하게 직원들에게 공개된다. 경영진은 직원들이 투표로 선출하는데, 최대 주주인 세믈러도 단 한 표만 행사한다. 현장 업무에 관한 모든 사항은 별도의 보고 없이 직원들이 팀 내에서 결정하고, 팀원들이 매니저를 평가한다. 이런 구조 덕에 셈코는 웬만한 기업에는 다 있는 중장기 계획, 조직도, 가치 선언문 없이도 세믈러가 CEO로 재임했던

20여 년 동안 매출 400만 달러 기업에서 1억 6000만 달러 이상의 기업으로 40배 성장할 수 있었다.[15]

　직원들에게 주인 의식을 심는 방법으로 회사 지분을 나눠 주거나, 위기의식을 자극하거나, 매력적인 비전을 세우는 것 등이 거론된다. 그러나 비용이 적으면서 현실적인 효과가 가장 높은 방법은 의사 결정권을 포함한 업무 권한을 제대로 부여하는 것이다.

성과를 저해하는 프로세스

세계 최초로 온전히 컴퓨터 기술을 활용해 애니메이션을 만든 영화 제작사 픽사Pixar는 1995년 〈토이 스토리〉의 성공을 필두로 설립 약 10년 만에 디즈니Disney의 아성을 위협했다. 반면, 1994년 〈라이온 킹〉 이후 대작이 없었던 디즈니는 1995~2005년 사이 제작한 14편으로 벌어들인 수익이 〈라이온 킹〉 한 편으로부터 벌어들인 수익의 두 배를 겨우 넘을 정도로 저조한 실적을 기록하고 있었다. 이러한 상황을 타개하기 위해 디즈니 경영진은 2006년 픽사 인수를 결정한다. 그리고 픽사 경영진 애드 캣멀Ed Catmull과 존 래시터John Lasseter를 각각 디즈니에서 가장 중요한 두 포지션, 애니메이션 스튜디오 책임자와 최고 크리에이티브 책임자에 임명했다.

　합병 당시 디즈니 재무 부서는 예산을 세밀하게 통제하

고 있었다. 영화 흥행이 저조해서 수익이 저하되면 예산을 통제하고, 이로 인해 작품 질이 저하되면 다시 흥행 성적이 저조해지는 악순환이 반복되었다. 이런 문제를 잘 알고 있었던 캣멀과 래시터가 디즈니에 출근하자마자 한 일은 재무 부서가 제작 팀 예산을 승인하지 못하게 한 것이다. 애니메이션을 직접 만드는 사람들은 환호했다. 승인 절차가 없어지자 제작 팀은 필요한 예산을 충분히 쓸 수 있게 되었다. 작품의 질이 점차 좋아졌고 이로 인해 흥행 실적이 개선되자 수익성도 높아졌다. 1995~2005년 대비 2007~2019년 평균 제작비는 48퍼센트 증가했지만, 같은 기간 흥행 실적은 그 3.6배인 175퍼센트 늘었다.[16]

록히드의 P-80 전투기 개발 프로젝트도 현장 중심 의사 결정이 성공한 사례다. 개발 전권을 위임받은 수석 디자이너 켈리 존슨은 록히드 입사 10년 차인 중견급 엔지니어였다. 한국 기업이라면 과장(책임)급 정도로, 의사 결정 권한이 없는 경우가 대부분이다. 그는 불가능에 가까운 프로젝트 일정을 맞추는 대신 경영진에 몇 가지 핵심 조건을 내걸었다. 그중 하나가 개발 과정의 승인 절차는 생략하고, 한 달에 한 번 책임 임원 한 명에게만 경과보고를 한다는 것이었다. 보수적인 군수 대기업에서 수용하기 어려운 조건이었지만, 다른 방도가 없었던 경영진은 이를 받아들였고 개발 팀은 기대를 뛰어

넘는 결과로 화답했다.

삼성전자의 갤럭시S 개발 사례도 빼놓을 수 없다. 현대인의 삶을 뒤바꾼 아이폰은 공개된 지 거의 3년이 지난 2009년 11월 28일에야 한국에 출시되었다. 대응할 충분한 시간이 있었는데도 삼성전자는 아이폰에 대적할 만한 상품을 내놓지 못하고 있었다. 2009년 12월 삼성전자 무선사업부를 맡게 된 신종균 사장은 기존 개발 조직 외에 별도의 태스크포스를 만들어 갤럭시S 개발을 성공시키고, 2010년 6월 출시했다. 중요한 것은 이런 혁신이 기존의 결재 라인을 통하지 않고 이루어졌다는 점이다.

전통적인 위계 조직들은 어려운 의사 결정일수록 승인 단계를 추가해서 위험을 분산하려고 한다. 승인 단계를 추가하면 기안자 혼자 책임을 떠안게 될 가능성은 줄지만, 조직 전체 관점에서 실패할 위험은 커진다. 결정 과정에 참여하는 사람이 많아질수록 검토에 더 많은 시간이 걸리고, 혁신적인 시도로 이어질 수 있는 제안을 부결시킬 가능성이 높아지기 때문이다.

이처럼 상위 관리자에게 집중된 의사 결정 구조를 잘 보여 주는 것이 품의稟議 제도다. 품의는 관리자의 의사 결정을 위한 절차다. 관리자가 품의를 지시하면 실무자는 초안을 작성하여 올린다. 관리자는 품의서와 첨부 문서를 검토하고 구성, 논리, 표현, 계산, 철자법까지 꼼꼼히 지적한다. 실무자는 지적 사항을 모두 고쳐 다시 상신한다. 이 과정을 수차례 반복해 준비가 되었다고 판단되면 관련 부서 협조를 거친다. 협조 과정에서 몇 차례 회의와 문서 수정이 다시 이루어진다. 합의가 완료되면 임원 결재로 넘어간다. 팀장의 구두 보고를 미리 받은 임원은 올라온 품의서를 검토 후 승인하거나 반려한다. 더 상위 임원 결재에서 반려되는 것은 체면이 깎이는 일이기 때문에 조금이라도 결점이 있는 품의서는 가차 없이 반려된다. 모든 임원들이 승인하면 최종적으로 대표 이사가 결재한다. 보고서나 품의서 한 개를 쓰는 시간은 몇 시간 안 걸려도, 이 모든 절차를 다 거치고 나면 1~2주가 훌쩍 지난다. 사안이 중대한 경우에는 몇 달이 걸릴 때도 있다.

품의에 의존한 의사 결정은 책임 소재를 불분명하게 만든다. 실무자는 '나는 위에서 결정해 준 대로 했을 뿐'이라고 하며 책임을 지지 않고, 승인자는 '품의를 쓴 사람이 실행에 대한 책임이 있다'며 책임을 피할 수 있다. 모든 사람의 책임은 아무의 책임도 아니라는 말이 있듯이, 문제가 생겨도 조용히 넘어가는 쪽을 선호한다. 의사 결정의 방향은 보수적으로 흐를 가능성이 높다. 중간에 한 사람만 반대해도 실행이 안 되기 때문이다. 해야 할 이유가 아무리 많아도 안 되는 이유가 있으면 할 수 없는 구조다.

실리콘밸리 기업에서는 이런 식의 의사 결정 관행을 찾아볼 수 없다. 업무를 하는 과정에 결정할 일이 있으면 전문가인 실무자가 직접 하는 것이 일반적이다. 자신이 담당자인데 모르는 내용이 있을 경우에는 다른 사람의 도움이나 조언을 받는다. 도움이나 조언을 제공하는 사람은 상사일 수도, 동료일 수도 있다. 해야 할 이유가 확실하면 리스크가 일부 있더라도 일단 실행하고 결과에 대한 피드백을 받는다. 결정에 대한 문서 근거가 필요하면 회의 내용을 요약해서 메일로 공유하거나, 협업 관리 시스템 등에 기록으로 남겨서 필요시 확인한다. 품의 시스템 없이도 의사 결정을 효과적으로 관리할 수 있는 것이다.

권력의 시작, 인사

인사권은 직원을 선발, 평가, 보상, 이동, 해고하는 등의 권한을 통칭하는 말이다. 조직 내 인사권은 보통 상사, 임원, 인사 부서에 분산되어 있다. 인사 부서의 권한은 전사 차원의 기준과 절차를 수립하고 운영하는 데 한정되고, 임원들은 중간 관리자들의 제안을 바탕으로 조정하고 승인하는 정도의 역할을 하기 때문에 직원 인사권은 실질적으로 중간 관리자의 손안에 있다.

관리자가 인사권을 어떻게 행사하느냐는 직원들에게

중요한 문제다. 불공정한 인사권 사용에 따른 불만과 갈등은 위계적인 기업 문화 속에서 흔히 발생하는 문제다. 기업 리뷰 포털 잡플래닛에서 평점이 낮은 기업의 직원 평가를 보면 부당 해고, 편파적 평가, 선발 청탁, 불합리한 보상 차별, 이해하기 어려운 배치 변경 등 관리자들의 인사권 남용 사례를 토로하는 내용을 많이 발견할 수 있다.

기존 인사 제도를 바꾸려고 할 때 가장 많이 반발하는 것도 중간 관리자들이다. 조직에서 10~20년 경험을 쌓은 중간 관리자들에게 인사권은 일종의 '무기'다. 어렵게 손에 넣은 권한을 내려놓고 싶은 사람은 없다. 제도 변경으로 인해 자신의 결정권이 줄어들 것 같으면 인사권 없이 무슨 근거로 부하들에게 업무를 지시하느냐고 생각하는 경우가 많다. 인사권이 없으면 직원이 잘못해도 질책도 제대로 못 한다고 생각하기도 한다. 전통적인 관리자의 관념 속에서 인사권은 직원들이 말을 듣지 않을 경우 휘두를 수 있는 채찍과 비슷하다.

그러나 강한 인사권을 가진 관리자 밑에서 일하는 직원들은 불안감을 느낀다. 인사상의 불이익이 두려워 부당한 차별을 참는 경우도 많다. 2017년 국가 인권 위원회 실태 조사에 따르면 한국 직장인의 73.3퍼센트가 일터에서 직장 상사로부터 괴롭힘을 경험한 것으로 조사됐다. 2019년 7월에는 '직장내 괴롭힘 방지법'이라고도 불리는 개정 근로기준법이 시행되어, 직장 내 우월적 지위를 이용해 신체적, 정신적 고통을 주는 행위가 직장 내 괴롭힘으로 간주된다. 이때 우월적 지위를 판단하는 핵심 근거가 바로 인사권이다.

일부 관리자에게 집중된 인사권을 분산하는 것은 조직 내의 권력을 분배해 수평적인 구조를 만드는 데에 필수적이다. 구체적인 방법은 다음과 같다.

첫 번째는 구성원들이 동료 선발 과정에 참여하는 것이다. 인사 제도의 첫 관문은 인재 선발이다. 동료를 선발하는 면접 과정에 참여하는 것은 인사권을 분산하고 선발의 정확도를 높이는 방법이 될 수 있다. 면접에서 중요한 것은 횟수보다는 면접에 적용되는 관점이다. 면접은 사람이 하기 때문에 주관적 오류를 완전히 배제하기 어려우므로, 다양한 관점을 가진 사람들이 인터뷰어로 참가하여 각기 면접을 한 후 결과를 토론하면 선발의 정확도를 높일 수 있다. 후보자보다 직책이나 직위가 높은 사람만을 인터뷰에 포함시키는 경향이 있지만, 실무 능력, 협업 태도, 조직 문화 적합도 같은 측면은 오히려 같은 레벨의 동료들이 보는 관점이 더 정확할 수 있다. 직원들이 '함께 일할 동료를 내 손으로 뽑았다'는 생각을 갖는 것은 팀 문화와 소속감 측면에서도 바람직하다.

국내 기업 교육 전문 기업 휴넷은 팀장급 경력 직원을 채용할 때 함께 일하게 될 팀원이 면접관으로 참가한다.[17] 구글, 아마존, 인텔 등 실리콘밸리 기업이나 국내 일부 스타트업 기업에서도 이런 관행은 확산되고 있다. 동료 면접관을 활용하기 위해 주의할 점은 면접 훈련을 받지 않은 채로 면접에 투입해서는 안 된다는 것이다. 면접은 전문적으로 훈련을 받아서 수행해야 하는 전문적인 과업이다.

두 번째 방법은 구성원들이 스스로 목표를 수립하도록 하는 것이다. 목표 수립 이론goal-setting theory은 조직 행동론 분야의 동기 이론motivation theories 중에서도 가장 영향력 있는 관점 중 하나다. 이 이론은 업무 목표를 '지시된 목표', '참여적 목표', '자기 설정 목표'로 구분하는데, 상사의 지시를 통해 부여받은 목표보다는 본인이 목표 수립 과정에 참여하거나 스스로 설정한 목표를 추구할 때 더 높은 성과를 낸다는 연구 결과가 있다.[18] 관리자 주도로 업무가 전개되는 전통적 위계 조직에서는 상급자가 목표의 양이나 기간을 결정하여 하급자에게 명령하지만, 구성원의 자발성과 창의성을 목표로 하는 수평 조직에서는 직원 개개인이 자기 목표를 세울 수 있도록 하는 것이 맞다.

쉽게 달성할 수 있는 목표만 세우는 직원이 있다면 어떻게 할까? 우선 그런 직원을 뽑지 말았어야 한다. 그리고 목표는 개인의 것임을 인정함과 동시에 팀과 함께 공유하도록 해야 한다. 구성원들이 최선의 목표를 세우고 열심히 할 것이라고 믿고 신뢰하는 문화를 만들어야 한다. 구성원이 이기심을 내려놓고 조직에 기여할 수 있는 도전적인 목표를 세우도록 하는 방법은 '진짜 하고 싶도록' 만드는 것뿐이다. 직원들이 자발적으로 그런 목표를 세우도록 여건을 조성하는 것이 수평 조직에서 요구되는 리더십이다. 실리콘밸리에서 탄생해 최근 국내 기업들에도 빠르게 확산되고 있는 '목표 및 핵심 결과 지표(OKR, Objectives and Key Results)' 방식은 목표 수립에 대한 책임과 권한을 철저하게 직원 개인에게 부여한다.

목표를 스스로 세웠다면, 근무 시간이나 장소 등 일하는 방법도 스스로 선택할 수 있어야 한다. 시간과 관련해서는 각자가 원하는 시간대에 일하는 것과 업무 시간의 일정 부분을 본인의 관심 프로젝트에 쏟을 수 있도록 하는 것이 대표적인 방법이다. 출퇴근 시간을 유연하게 하는 방법, 요일별 근무시간을 다르게 하는 방법, 일주일에 일정 시간을 장기적인 관심 프로젝트에 쓰는 방법 등이 있다. 장소와 관련해서는 재택근무제, 원격 근무제 등이 있다. 업무에 불편함을 주지 않는 범위 안에서 자택, 사무실, 회의실, 외부 커피숍 등 장소에 관계없이 일할 수 있도록 하는 것이다.

이런 제도들은 지난 10년 동안 유연 근무제 등의 도입에 따라 국내에서도 상당히 보편화되었다. 카카오는 2018년 10월부터 '완전 선택적 근무 시간제'를 운영하고, 사원증 태

그로 출퇴근 시간을 측정하던 것을 중단했다. 우아한형제들은 주 35시간 근무제와 팀별 탄력 근로 시간제, 재택근무 등을 운영하고 있다. 구글은 업무 시간의 20퍼센트를 관심 프로젝트에 투자할 수 있는 20퍼센트 원칙을 적용하고 회의 이외 시간은 전적으로 자율에 맡기면서도 효과적인 동료 평가 덕분에 세계 최고의 생산성을 유지한다.

동료에 대해 업무 평가와 피드백을 하는 것도 권력을 분산하는 방법이다. 위계 조직에서 평가권은 관리자의 고유한 권한으로 여겨져 왔고, 평가 등급에 대해 동의하지 않더라도 이의를 제기하기는 쉽지 않았다. 지난 10여 년 동안 국내외 많은 조직들이 이런 평가 제도를 폐지하거나 새로운 성과 관리 방식으로 바꾸고 있다. 레고는 2000년대에 중간 관리자에 의한 일방적 고과 제도를 폐지하고 동료들 간의 투명한 피드백으로 대체했다. 분기별 평가를 운영하는 페이스북도 동료 다섯 명 정도를 지정하여 피드백을 받도록 하는데, 구체적 관찰 사례를 들어 정확하게 작성하도록 하고 있다. 한 사람의 피드백은 개인적인 의견으로 치부할 수 있지만, 서너 명이 비슷한 의견을 낸다면 객관성을 부정하기 어렵기 때문이다.

동료에 의한 구체적인 피드백으로 평가할 경우 굳이 등급으로 줄을 세우는 상대 평가를 하지 않아도 된다. 배틀 그라운드를 만든 게임 회사 펍지PUBG의 모기업 크래프톤은 직원들을 줄 세우는 방식이 아니라 개인의 기여도와 강약점 등에 대해 서술하는 성장 위주의 평가에 주안점을 둔다. 비바리퍼블리카도 개인의 성과가 아닌 회사 전체의 성과를 바탕으로 연봉 인상률과 성과급을 결정하고, 개인에 대해서는 6가지 핵심 가치의 실천 수준에 대해서만 동료들의 관찰 결과를 피드백한다. 구글은 직원 평가 등급을 매기지만, 관리자 혼자 등급을 정하는 것이 아니라 여러 부서 관리자들이 모여 토론 및 보정을 거쳐서 확정하기 때문에 직원들이 이를 잘 수용하는 편이다.

보상의 일부를 동료가 결정하는 방법도 있다. 연봉은 근로 계약으로 결정되지만, 연봉 조정 및 보너스에 대해서는 동료 의견을 일부 반영할 수 있다. 동료 의견을 보너스 지급 결정에 활용하는 대표적인 사례가 미국의 IGN 엔터테인먼트다. 컴퓨터·비디오 게임 뉴스 및 리뷰를 제공하는 직원 250명 규모의 이 회사는 모든 직원들에게 반년에 한 번씩 동일한 수량의 가상 토큰을 모든 직원에게 제공한다. 직원들은 이 토큰을 자기 자신과 CEO를 제외한 다른 임직원 중 업무상 기여가 컸거나 협업을 잘한 사람에게 부여한다. 토큰은 6개월 동안 모두 소진해야 하고, 받은 사람이 제공자를 알 수 없게 하여 익명성을 유지한다. 반기 말에 직원별로 받은 토큰 수를 집계해 이에 비례하는 성과급이 지급된다. 동료들이 집단 지성으로 서로의 보너스를 결정하는 셈이다.

이렇게까지 정교한 제도를 설계하지 않더라도 간단한 방식으로 운영하는 것도 가능하다. 오랫동안 구글이 운영한 'G-Thanks'라는 즉시 인정 보너스 제도가 대표적이다. 동료가 칭찬할 만한 기여를 했을 경우 전용 사이트에 들어가 해당 사실과 함께 간단한 감사의 메시지를 쓰고 전송하면 메시지가 본인에게 전달되고, 다른 구성원들도 볼 수 있도록 게시되며 소액의 보너스도 함께 지급되도록 할 수 있다. 직원들끼리 짜고 서로 보너스를 주고받는 식으로 악용될 것을 우려할 수 있지만, 실제 10년 이상 운영한 결과 그런 일은 거의 없었다고 한다. 한 연구에 따르면 이미 2015년에 미국 내 기업의 약 35퍼센트 정도가 이와 유사한 칭찬 보너스 프로그램을 운영하고 있었다.[19]

다음 방법은 직원에게 부서와 업무를 바꿀 기회를 제공하는 것이다. 경력 관리는 직원과 회사의 공동 책임이다. 하지만 전통적 위계 조직에서는 직원이 경력을 위해 부서나 직무, 프로젝트를 바꾸고 싶어도 현재 부서에서 놓아 주지 않는 경우가 종종 있다. 직속 상사가 인재를 소유한다는 관념 때문인 경우가 많다. 개인 차원에서는 주장을 너무 강하게 밀어붙이면 눈 밖에 날까 두려워하기도 한다. 자기 경력에 대한 욕심과 기대가 높은 밀레니얼 세대는 이런 상황에서 퇴사를 선택할 가능성이 높다. 회사 안에서 이동할 수 있도록 배려하는 것이 조직 전체 입장에서는 오히려 이득인 이유다.

경력 개발을 위한 업무 변화는 꼭 부서를 옮기지 않아도 가능하다. 직무를 조정하거나, 근무 지역만 바꿀 수도 있다. 부서와 업무 변동 기회를 제공하면 유연한 직무 이동과 변화 분위기 속에서 관리자가 인재를 소유할 수 없다는 메시지를 줌으로써 간접적으로 인사권을 분산하는 효과가 있다. 한 조직 안에서 다양한 경험을 쌓은 인재는 특정 분야의 전문성 외에 조직 이해도까지 갖춘 리더로 성장할 수 있기 때문에 기업 입장에서는 중장기적으로 리더십을 튼튼하게 하는 효과까지 기대할 수 있다. 물론, 직원들이 전문성을 제대로 쌓기 어려울 정도로 잦은 이동을 하는 것은 피해야 한다.

부하 직원들이 상사에 대한 피드백을 하는 것도 권력을 분산시키는 효과가 있다. 본인, 상사, 동료, 부하로부터 업무에 대한 피드백을 받는 다면 평가 제도는 상사에 의한 평가 일변도에서 벗어나 평가를 입체화, 객관화하기 위해 고안되었다. 상하 관계에 대해서만 책임지고 복종하는 폐해를 완화하는 데 상당한 효과를 발휘한다. 하지만 이런 제도에 대해 불만을 토로하는 관리자들도 적지 않다. 가장 대표적인 이유가 업무 능력이나 성과보다 인기투표식 평가나 보복성 평가로 인해 선의의 관리자가 피해를 보고 직원 눈치를 보게 된다는 것이다. 전체 조직 관점에서는 평가의 관대화 경향으로 인해 정확성이 떨어지거나 관리자와 직원이 담합하고 서로 좋은 평가를 내릴 가능성도 제기된다.

그럼에도 불구하고 관리자들에게 유익한 관찰 정보를 제공하고 행동을 돌아보는 기회가 된다는 면에서 다면 평가는 꼭 필요하다. 인기투표, 담합, 관대화, 가혹화 등의 문제는 평가 운영 방식을 조정함으로써 대응할 수 있다. 고과에 정량적으로 반영하지 말고 구체적인 행동에 대한 관찰 결과를 피드백하는 방식 등이 가능하다. 관리자들이 주기적으로 자기를 되돌아보는 계기를 갖도록 하는 것이 수평 조직을 만드는데 도움이 된다.

마지막으로 멘토링 프로그램을 운영하는 방법이 있다. 자율과 책임을 강조하는 수평적 조직에서는 관리자가 직원 개개인에게 세밀한 관심을 쏟기 어렵다. 수평적 조직에서는 관리자도 자신의 업무가 따로 있고, 팀원 수도 위계 조직보다 많기 때문이다. 그렇다고 관리자로서 직원의 육성을 등한시해서도 안 된다. 이러한 구조에서 업무에 대한 미세 관리를 하지 않으면서 직원을 육성하는 좋은 방법이 멘토링 프로그램이다. 멘토가 업무를 내용을 직접적으로 검토하거나 가르쳐주는 것은 아니지만, 풍부한 경험과 조직 이해도를 바탕으로 시행착오를 줄이고 구성원 자신감이나 소속감 등을 높이는 데 도움을 줄 수 있다.

멘토는 직속 상사, 상사의 상사, 선배 사원, 다른 부서 관리자 등 다양한 사람이 담당할 수 있으므로 직속 상사의 부담을 집중시키지 않으면서 인사권을 분산하는 효과가 있다. 이런 멘토링 제도를 아주 효과적으로 운용했던 기업이 노바티스Novartis다. 매출 기준 세계 2위 제약 기업인 이 회사는 멘토링 프로그램 확산을 위해 몇 년 전 리더들에 대한 전면적인 역량 진단과 함께 부서장급 3000명을 대상으로 멘토링 기법을 교육했다.

멘토링은 적극적 경청, 질문 기법, 공감 형성, 동기 부여 등의 기술이 추가적으로 요구되기 때문에 적절한 사전 훈련이 필요하다. 멘토링 프로그램으로 가장 큰 도움을 받을 수 있는 사람들은 직무 전문성은 높지만 경력직으로 입사하여 아직 적응하지 못한 구성원이나 부서나 직무의 비교적 큰 변화를 겪은 구성원들이다. 직속 상사의 부담을 다른 경험이 많은 직원이 분담함으로써 조직의 우수 인재가 좀 더 잘 적응하고 신뢰감을 느끼도록 할 수 있다.

지금까지 의사 결정, 업무 승인 방식, 인사 제도 등을 통해 조직의 권력 집중을 완화하는 방법을 살펴봤다. 호칭이나 직원 간 소통 방식을 바꾸는 것뿐 아니라, 권력을 분산하는 구조를 만들어야 수평적인 조직으로 변화할 수 있다. 이는 구성원을 신뢰하고 자율권을 주는 방식이기도 하다. 과거에는 직원들을 대체로 일하기 싫어하고 게으름 피우는 존재로 가정하고, 하기 싫은 일도 참고 하도록 강제하는 데 관리의 초점이 맞춰져 있었다. 이는 직원이 무엇을 원하는지를 묻는 접근 가치approach value보다는 싫어하는 것이 무엇인지를 따지는 회피 가치avoidance value 중심의 접근으로, 직원들을 수동적으로 만든다. 수평적인 조직은 직원을 믿고 자율권을 줌으로써 주인 의식을 갖도록 하는 회사다. 수평적이고 자발적인 문화를 조성하기 위해서는 구성원을 평가해서 쥐어짜는 대상이 아니라 함께 성장하는 동료로 보는 관점을 먼저 가질 필요가 있다. 구글의 전 인사 담당 최고 임원 라즐로 복Laszlo Bock이 "여러분의 직원을 믿으세요"라고 말한 이유이기도 하다.

조직 문화와 생산성

조직 문화를 수평적으로 개선하는 것은 일터의 분위기를 개선하고, 구성원의 동기 부여를 도울 뿐 아니라 일하는 방식도 바꾼다. 이는 조직의 생산성과 직결된다. 생산성을 저해하는 요인들은 수직적인 조직의 본질과 연결되어 있다. 수직적인 구조는 그대로 둔 채 일하는 방식만 바꿔서는 생산성을 높이기 어렵다. 수평적인 조직을 만들고, 그에 최적화된 방식으로 일할 때 생산성은 극대화된다.

OECD 발표에 따르면 2017년 기준 한국의 근로 시간당 국내 총생산GDP은 34.3달러로, 집계가 가능한 24개 회원국 중 17위를 기록했다. 노동 생산성이 하위 30퍼센트 정도인 셈이다. 한국의 노동 생산성은 한국과 GDP 규모가 가장 비슷한 스페인의 70퍼센트 수준이다. 한국인의 근면성과 높은 교육 수준을 감안하면, '한국 사람들이 일을 못해서'를 이유로 지목하기는 어렵다. 낮은 생산성과 장시간 근무는 연결되어 있다. 생산성이 낮으니 일을 오래할 수밖에 없고, 장시간 근무는 낮은 생산성의 원인이 된다.

생산성은 단위 시간 투입 대비 결과물의 비율로 계산된다. 결과물이 같다면 투입 시간을 줄여야 생산성이 올라간다. 생산성이 좀처럼 높아지지 않는 이유는 시간 투입을 효율화하지 못하게 하는 다양한 요인 때문이다. 이런 요인들은 위계적인 조직일수록 더 심하다. 빠르고 깔끔한 일 처리를 방해하는 절차, 형식, 관행, 습관 등의 장애 요인이 존재하기 때문이다.

전통적인 위계 조직 속에서 아무리 바쁘게 일을 해도 생산성이 낮은 이유는 팀 업무가 관리자 위주로 최적화되어 있기 때문이다. 이는 실무를 처리하는 직원보다 관리자의 시간을 더 희소하고 중요하게 생각하기 때문이다. 실무자가 아무리 전문가라도 관리자 의사 결정 없이는 일을 진행시킬 수 없으므로, 관리자 의중을 잘 파악하고 보고서를 보기 좋게 써서 관리자 시간을 절약해 주는 직원이 일을 잘한다는 평가를 받는다. 보고서 작성 능력이 곧 업무 능력이다 보니, 잘 보이기 위해 문서를 꾸미는 데 시간과 노력을 기울이게 된다.

대기업들은 이미 10여 년 전부터 보고서 쓰는 데 시간을 낭비하지 말라는 지시를 해오고 있다.[20] 그러나 보고서를 간단하게 쓰고, 파워포인트 대신 워드로 작성하고, 분량을 줄이는 것이 문제의 본질은 아니다. 문제는 보고서로 굳이 쓸 필요 없는 것까지도 일일이 작성하게 되는 것이다.

위계적인 조직의 시간 관리 방식 역시 관리자 위주로 최적화된 결과다. 업무 일정이 관리자 편의 위주로 짜여 있는 것이다. 9시 출근, 12시 점심, 6시 퇴근, 일일 보고, 주간 회의, 문서 작성 등은 모두 관리자의 업무 리듬에 맞춘 것이다. 직원들이 관리자가 쉽게 확인할 수 있는 장소에서 근무하고, 외근이나 출장 후에 바로 결과를 보고하며, 관리자가 궁금한 사안을 물으면 언제든 답변을 하는 것도 마찬가지다. 관리자의 일정 때문에 보고가 어려운 경우에는 실무자의 업무가 중단되기도 한다.

수직적인 조직의 중간 관리자는 수시로 상위 관리자의 호출을 받는다. 임원 호출이 떨어지면 하던 일도 중단하고 뛰어가곤 한다. 임원실에 불려갔다 오면 짧게라도 보고할 일이 생기는 경우가 많다. 하던 일을 제쳐 두고 임원 수명 사항부터 챙긴 후에야 원래 업무로 돌아갈 수 있다. 이런 식의 불시 호출은 주의력을 저하시킨다. 호출을 하는 입장에서는 짧은 대화를 하고 보고서 한 장 읽으면 그만이지만 호출을 받은 입장에서는 왜 호출을 받았는지 고민하고, 관련 사항을 조사하고, 과거 서류를 찾아보고, 보고서를 쓰는 등의 업무에 많은 시간을 쓴다. 호출 받은 사항이 일단락되어도 작업 기억 안에 자리 잡은 정보들 때문에 본래 업무에 대한 집중력이 떨어지는 것도 문제다. 와튼 경영대학원의 애덤 그랜트Adam Grant에 따르면 업무 성과는 투입 시간과 집중도에 비례한다. 투입 시간을 통제하는 데는 한계가 있다. 결국 생산성은 업무 집중도를 극대화해야 높아질 수 있다. 실무자들의 주의력 저하가 기업 차원의 생산성에 악영향을 미치는 이유다.

반면 수평적인 조직은 생산성이 높은 구조다. 업무가 직원 중심으로 최적화되어 있기 때문이다. 기업에서 업무를 제일 잘 알고 직접적으로 가치를 창출하는 사람은 실무자다. 실무자의 시간을 최적화하는 방식으로 업무를 조직화할 때 전체 생산성이 높아진다. 업무의 흐름을 끊는 호출, 직원의 자율성을 고려하지 않는 지시, 형식적인 보고, 문서 작성 등에 쓰는 시간을 최소화하고 실질적인 가치 창출에 직결되는 업무 시간을 늘릴 수 있기 때문이다.

수평적 조직은 주인 의식을 바탕으로 생기는 자기 효능감self-efficacy, 몰입engagement, 책임 의식 등 질적인 측면의 효율도 높일 수 있는 장점이 있다. 업무의 큰 방향에 대해 관리자와 실무자 간에 합의가 된 상태에서 구체적 의사 결정은 실무자가 내리고, 실행에 대한 책임까지 지도록 해야 한다. 관리자는 업무를 일일이 직접 통제하고 훈수를 두는 것이 아니라 실무자들이 더 효과적으로 일할 수 있도록 조언, 조율, 육성하는 역할을 한다.

페이스북은 매니저가 업무 지시를 하지 않는 것으로 유명하다. 각자가 자신의 일을 스스로 판단해서 하는 것이 당연하다고 믿기 때문이다. 필요한데 하지 않고 있는 일이 있다고 생각하면 스스로 만들어서 하면 되고, 거기에 필요한 자원과 환경은 주변에서 적극적으로 지원해 준다. 지시와 관리를 하지 않는 만큼 언제, 어디서, 어떤 방식으로 일하는지 누구도 묻지 않고 개인들이 최고의 결과물을 만들어낼 수 있도록 필요한 여건을 조성해 준다. 전통적인 기업의 근태 관리나 결재 시스템도 없고, 본인이 원할 때 출퇴근하고, 쉬고 싶을 때 휴가 가고, 맥주를 마시고 일해도 아무도 신경 쓰지 않는다. 1년에 2~3회 직원 설문을 통해 근무 환경을 진단하고, 결과가 투명하게 공개되며, 문제가 있으면 위원회를 통해 개선 방안을 찾는다.

'자율과 책임' 문화를 선도해 온 또 다른 실리콘밸리 기업 넷플릭스가 휴가 관리 제도를 없애 버린 사례도 잘 알려져 있다. 직원이 언제, 얼마나 휴가를 다녀올지에 대해 아무도 간섭하지 않는다. 그렇게 해도 제도를 남용하는 직원은 찾아볼 수 없다. 자유가 주어지는 만큼 스스로 책임 있게 행동한다는 상호 신뢰가 형성되어 있기 때문이다. 넷플릭스에서는 이런 신뢰의 밑바탕에 깔려 있는 전제가 '구성원들을 어른으로 대접'하는 것이라고 말한다.

물론 '누구나 스스로를 관리하고 책임질 수 있다'는 전제는 공격받을 여지가 있는 가정이다. 실제 직장 생활에서 그렇지 않은 사람을 만나게 되기 때문이다. 페이스북이나 넷플릭스가 그런 가정을 바탕으로 조직을 운영하는 것은 일종의 '가치 지향value aspiration'이라고 볼 수 있다. 바람직한 조직 운영을 위한 기반 가치를 먼저 제시한 후, 거기에 맞는 사람을 뽑고 권한을 주는 것이다. 구성원들이 스스로 일을 찾아서 하지 않기 때문에 지시하고 관리해야만 한다고 생각하면 할 수 없는 일이다.

지시나 관리를 최소화하고 자율 업무를 기본으로 삼게 되면 관리자들의 일하는 방식도 달라진다. 지시와 관리 대신 조언과 코칭을 하는 것이다. 그렇게 하면 업무량이 상당히 줄어든다. 관리자로 승진한 직원들은 대부분 실무에서 좋은 성과를 냈던 이들이다. 이 장점을 되살려 일반 직원들이 하는 업무보다 부가 가치가 높은 실무를 하면 된다.

직원들이 책임까지 질 수 있는지 반문하는 사람들도 있다. 당연히 질 수 있고, 져야 한다. 진정한 수평 조직이 되기 위해서는 권한만 있고 책임은 지지 않는 사람이 조직 어디에도 있어서는 안 된다. 누군가 지시하고 명령해서가 아니라 본인이 옳다고 생각하는 일을 자신이 가장 잘할 수 있다고 생각해서 실행했다면, 결과에 대한 책임도 본인이 져야 한다. 물론 새롭고 도전적인 과업을 수행하면서 최선을 다했음에도 실패한 것에 대해서는 책임을 개인에게 묻지 않는다. '그 일은 아무개가 책임을 지기로 했으니 우리는 신경 쓸 필요 없어' 식의 태도 역시 수평적 조직에서는 적절치 않은 자세다.

데이터 기반 의사 결정

전통적 위계 조직에서 의사 결정은 권위에 기반한다. 조직 피라미드의 위쪽에 자리 잡은 사람일수록 더 큰 결정권을 가진다. 아래에 위치한 사람들은 윗사람을 설득해야만 의사 결정에 영향을 미칠 수 있다. 직원들이 하루 중 가장 많은 시간을 보고서 쓰는 데 사용하는 이유다. 의사 결정권자들은 실무자의 제안과 다른 선택을 하는 경우도 잦고, 심지어는 아예 결정을 내리지 않는 경우도 많다. 그러나 의사 결정이 필요한 순간에 결단을 내리지 못하면 지금까지 들인 시간이 낭비될 뿐 아니라, 앞으로의 기회까지 놓치는 큰 문제로 이어질 수 있다. 이는 리더 개인의 책임감과 능력 부족 탓일 수도 있지만, 조직의 의사 결정 권한 배분의 문제일 수도 있다.

위계 조직은 '모든 결정은 상위 직책자가 내리는 것'이라는 전제를 기반으로 운영된다. 관리자에게 부여되는 권위의 상당 부분이 결정권에서 온다. 그런 권한의 이면에는 커다란 부담이 있다. 결정을 내린 사람이 모든 책임을 져야 하는 것이다. 관리자들은 이 책임을 최대한 줄이기 위해 좀 더 많은 정보와 옵션을 요구한다. 모든 정보가 다 갖추어졌을 때는 결정의 타이밍을 놓친 경우가 많다. 뛰어난 리더들은 결정의 시기를 강조한다. 미국에서 가장 존경받는 군인 중 한 명인 콜린 파월 Collin Powell 전 합참의장은 "정보의 범위가 40~70퍼센트 사이에 들어오면 직감적으로 추진해야 한다"고 얘기한 바 있다. 아마존의 CEO 제프 베조스Jeff Bezos 역시 필요한 정보의 70퍼센트 정도 수준에서 의사 결정을 내리는 것을 강조해 왔다.

다수의 구성원이 참여하는 수평 조직의 결정은 데이터를 기반으로 하는 경우가 많다. 누구나 의사 결정에 참여할 수 있지만, 근거와 데이터를 제시해야 한다. 직급이나 직책과 관계없이 적절한 데이터를 근거로 정확한 분석과 제안을 제시하는 사람의 의견이 반영되는 것이다.

데이터에 기반해 의사 결정을 내리는 것이 수평 조직에 잘 맞는 세 가지 이유가 있다. 첫째, 투명하다. 데이터는 누가 봐도 명확한 사실과 분석이기 때문에 투명하게 소통하고 필요하면 논증할 수 있다. 일부 관리자의 주관적이고 애매한 선호, 성향, 방침에 의존하는 것보다 명확하다. 둘째, 빠르다. 데이터는 과거 사건이나 미래 시나리오에 대한 구체적 정보를 제시하기 때문에 찬성 또는 반대 의견에 빨리 도달할 수 있다. 데이터에 문제가 있다면 더 나은 데이터로 대체할 수 있다. 셋째, 배울 수 있다. 수평 조직이 성장하는 방식은 자신의 실패뿐 아니라 남의 실패를 통해 학습하고 시행착오를 줄이는 것이다. 그러기 위해서는 실행을 위한 결정의 근거가 명확해야 한다. 데이터를 토대로 한 실행은 실패하더라도 교훈과 패턴을 제공하고, 다음에 같은 실수를 반복하지 않을 가능성을 높인다.

'데이터에 기반한 의사 결정'이라는 원칙을 가장 잘 적용하는 기업은 구글이다. 데이터를 통해 의사 결정하기가 가장 어려운 HR 분야, 즉 조직과 사람, 문화와 관련된 문제까지도 최대한 데이터 분석에 기반해 의사 결정을 한다. 신사옥을 지을 때는 사무 공간 배치가 협업 및 혁신에 미치는 영향을 고려했다. 직원들의 보행 속도 및 동선을 다각도로 측정한 후 누구나 자리에서 일어나 2분 30초만 걸으면 다른 직원과 마주칠 수 있도록 설계하는 것이 최적이라고 분석하는 식이다.

　　사실 데이터를 토대로 한 의사 결정은 역사적인 발전 방향이기도 하다. 회계 및 컨설팅 전문 기업 PwC의 보고서에 따르면 2016년에 50퍼센트 정도의 기업 내 의사 결정이 데이터 분석을 토대로 이루어지고 있었고, 2021년에는 약 83퍼센트 수준까지 상승할 것으로 예측됐다.[21] 미국의 유명 경영지 《슬론 매니지먼트 리뷰》편집장 데이빗 카이론David Kiron은 선도 기업의 경우 데이터 분석의 결론이 경영진의 생각과 다른 경우에도 의사 결정에서 중요하게 사용된다고 지적했다. 통계학자이자 품질 관리 분야의 전문가인 에드워즈 데밍Edwards Deming 역시 "데이터가 없다면 당신은 그저 또 다른 의견을 가진 사람에 불과하다"라는 말을 남겼다.

　　기존의 조직들이 권위에 기반한 의사 결정 방식을 사용했던 이유는 엘리트들로 구성된 전략 기획 부서가 경영진을 보좌했기 때문이다. 이 방식은 20세기 초반 알프레드 슬론 Alfred Sloan이 이끄는 대기업 GM이 사업부제divisional organization를 도입하면서 본사 스태프 조직을 강화한 것에서 시작됐다. 대량 생산 시대로 접어들면서 다각화된 제조 시스템에 맞추어 고안된 경영 방식이었다.

그러나 변화가 빠른 시대에는 운영에서 전략이 나와야 한다. 의사 결정과 실행이 분리되어 있으면 조직 안에 불필요한 업무가 증가하고 지연이 발생하며 의사 결정 실수와 책임 전가 등의 문제가 생길 가능성이 높다. 실제로 성공적인 실리콘밸리 기업 중에 독립된 전략 기획 부서를 갖춘 경우는 거의 없다. 대표 이사가 기능 부서functional departments의 도움을 받으면서 각 사업 조직들을 직접 리딩하는 방식이 일반적이다. 전략 기획 부서의 역할을 사업 조직이 직접 하는 전략-실행 일체형 조직이다.

인공지능, 자율주행 등에 사용되는 GPU 반도체 제조 기업 엔비디아NVDIA의 CEO 젠슨 황Jensen Huang은 2019년《하버드 비즈니스 리뷰》가 선정한 글로벌 CEO 평가에서 1위를 차지했다. 2015년 이후 3년 사이에 회사의 기업 가치가 14배 성장한 것이 주된 요인이었다. 이렇게 빠른 사업 성장은 빠른 의사 결정 문화와 무관하지 않다. 엔비디아에서는 팀원, 팀장, 임원, CEO로 이어지는 의사 결정 단계를 거치는 대신 필요한 직원과 직접 소통하며 신속하게 의사 결정을 내린다. 그는 언론과의 인터뷰에서 "우리 회사에는 보스가 따로 없다. 프로젝트가 곧 보스다"라고 말한 적이 있다. 의사 결정권은 그 사람이 조직에서 얼마나 높은 직급, 직책을 가지고 있느냐가 아니라 프로젝트의 필요와 개인의 전문성에 따라 주어져야 한다는 것이다.

회의는 대화다

컨설팅 기업 맥킨지는 몇 년 전 국내 대기업과 중견 기업 100개사를 대상으로 기업 문화 진단을 수행한 적이 있다. 이때 후진적 기업 문화의 주된 요인 중 하나로 지적된 것이 비효율적인 회의였다. 일부에서는 이를 이유로 회의를 없애자고 주장했다. 회의 때문에 일할 시간을 빼앗기는 데 불만을 느꼈던 직원들은 환호했다. '바쁜데 답 없는 회의를 하고 있느니, 차라리 한 시간이라도 일을 더 하겠다'는 것이다. 수평적 문화를 표방하는 일부 스타트업은 회의가 거의 없다는 점을 홍보에 활용한다. LG그룹은 2019년부터 '회의 없는 월요일' 제도를 운영한다. 회의 자료를 만드느라 주말에 출근하는 폐단을 없애기 위해서라는 것이다.

회의를 부정적으로 보는 견해가 한국 기업만의 시각은 아니다. 《하버드 비즈니스 리뷰》 2019년 1월호에 실린 글 '당신의 회의가 별로인 이유'에 따르면 글로벌 기업의 임원들도 평균 1주일에 23시간을 회의에 투자하지만, 90퍼센트는 '회의 중에 딴 생각'을 하고 73퍼센트는 '회의 중에 다른 업무를 처리한다'는 것이다. 그리고 회의에 투입되는 인건비가 미국에서만 한 해 약 300억 달러나 된다. 이 글에는 '미팅 회복 신드롬meeting recovery syndrome'이라는 표현이 등장한다. 만족스럽지 못한 회의에 들어갔다 나온 직원들이 몇 시간이나 불평을 하면서 업무에 집중하지 못하고 시간을 낭비하는 현상을 말한다. 회의로 인한 생산성 손실이 단지 회의 시간으로 끝나는 것이 아니라는 의미다. 그럼에도 불구하고 전체의 75퍼센트에 달하는 관리자들은 회의를 주재하고 참여하는 방법에 대한 교육·훈련을 한 번도 받은 적이 없었다.

'회의가 비효율적이니 없애자'는 주장은 수평적인 조직을 만드는 것과 관계가 없다. 회의 자체가 아니라 비효율적인 방식이 문제이기 때문이다. 게다가 수평적 조직은 지시, 보고, 품의 등의 관행과 절차를 없애거나 최소화해야 하기 때문에 제대로 운영되기 위해서는 오히려 의사 결정, 의견 조율, 팀 간 협조 등을 위한 회의가 더 많이 필요하다. 애플의 스티브 잡스도 회의를 아주 많이 했던 것으로 유명하다. 매주 월요일 경영진 회의, 수요일 오후 마케팅 전략 회의, 그 외에 무수한 제품 검토 회의에 참여했다. 다만 그는 회의 참석자를 꼭 필요한 필수 인원으로 한정하고, 문서나 발표 등의 형식이 아닌 내용에 집중해 충분한 토의를 거친 후 결론을 내리도록 했다. 잡스 사망 이후 CEO가 팀 쿡Tim Cook으로 바뀐 후에도 이런 회의 방식은 달라지지 않았다.

회의 혁신에 관해서는 다양한 개선 아이디어들이 제기되어 왔다. 회의 주제를 먼저 정하는 것, 꼭 필요한 사람만 참석하는 것, 시간제한, 안건의 사전 공유, 기록자 지정, 회의 비용 공지, 회의 신고제 운영, 의자를 없앤 스탠딩 회의 등등이다. 하지만 이런 제안들은 진정한 회의 혁신을 가져오지 못할 가능성이 높다. 본질을 바꾸지 못하기 때문이다.

전통적 위계 조직의 회의가 비효율적인 근본 원인은 회의는 곧 대화라는 전제가 지켜지지 않기 때문이다. 진정한 대화가 가능하려면 모든 참가자들이 의사 표현을 제대로 해야 한다. 좋은 것을 좋다고, 싫은 것을 싫다고, 모르는 것을 모른다고 표현하고, 안 되는 일은 이유를 설명해야 한다. 회의 참가자 간의 서열과 역학 관계 때문에 이것이 안 될 때, 침묵과 눈치 보는 현상이 발생한다. 참가자들이 높은 직책을 가진 사람의 눈치를 보거나, 말해야 할 때 침묵하는 회의는 아무리 좋은 기법과 테크닉을 동원해도 원하는 결과를 얻을 수 없다. 반대로 참가자들이 자기 뜻을 왜곡 없이 표현만 할 수 있다면 회의 방식은 큰 문제가 되지 않는다. 참가자들이 편하고, 결론에 도달할 수 있는 방식을 선택하면 된다.

직원들이 자기 생각을 말하지 못하는 것은 사실 아주 오래된 문제다. 아랫사람이 윗사람의 의견을 거스르는 것이 옳지 못한 행동으로 간주되는 상명하복의 문화가 남아 있는 조직에서는 아무리 '의견 있으면 말해 보라'고 해도 직원들이 눈치를 보면서 입을 닫곤 한다. 이런 분위기 속에서 회의는 변질된다. '회의'라고 불리지만 사실은 보고하고 지시받는 팀 모임, 질책으로 시작해서 훈화로 끝나는 정신 교육, 서로 대립하는 부서들이 벌이는 언쟁, '윗분' 말씀 해석을 위한 대책 모색, 아무도 결정을 내리지 못해 다음 회의가 자동 예약되는 회의 등이다. 직원들이 부정적으로 생각하는 회의는 바로 이렇게 변질된 회의들이다.

팀으로 일하는 조직에서 회의가 없을 수는 없다. 팀원들이 모여 정보, 생각, 경험 등을 나누는 것은 소속감을 확인하는 계기가 되기도 한다. 때로는 업무와 관계없는 비공식적인 회의도 필요하고, 새로운 사안이 없더라도 주기적으로 모여서 팀의 상태를 서로 확인하는 자리로서도 의미가 있다. 문제 해결형 회의는 자유로운 분위기에서 아이디어도 내고 치열하게 논쟁해야 하기 때문에 위계적인 조직에서는 어려워하는 경우가 많다. 반면, 수평적인 일 문화가 자리 잡은 회사는 업무 회의가 문제 해결 중심으로 운영되는 것이 일반적이다.

아마존에서는 문제 해결이 필요한 이슈가 생기면 누군가가 캘린더로 회의 초대장을 보낸다. 구두로 팀원들에게 "회의 좀 하자"며 부르지 않는다. 회의는 참가자들의 시간을 '빌리는' 것이기 때문에 정식으로 요청하는 것이다. 초대장을 보낼 때는 회의 목적이 무엇이고 왜 부르는 것인지 구체적으로 쓰고, 필요하다면 관련 자료도 함께 보낸다. 초대를 받았더라도 본인이 판단해서 참가할 이유가 없다고 생각하는 경우는 거절할 수 있다. 회의가 시작되면 주재자가 목적과 안건에 대해 짧게 설명한 후, 자료를 읽는다. 다른 기업에서 PPT 자료를 넘기면서 회의를 하는 것과는 달리, 아마존에서는 워드 등으로 작성한 텍스트 문서로 준비한 자료를 함께 10~15분 정도 묵독하여 안건의 맥락을 정확히 파악한 후 토론을 시작한다. 정해진 전체 회의 시간 안에 각자 의견, 정보, 아이디어 등을 일사불란하게 제시하고 토론을 하다가 미리 정한 시간이 되면 회의를 끝낸다. 그렇지 못한 경우에는 사후에 담당자가 별도의 마무리 작업을 통해 결과를 이메일 등으로 통보한다.

아마존의 문제 해결 회의에서 두 가지 측면을 주목할 필요가 있다. 한 가지는 최선의 의사 결정에 대한 집착이다. 창업주 제프 베조스는 '서로 기분을 맞춰 주기 위해 적당히 합의하고 갈등을 피하는 것을 경계'해야 한다고 강조한다. 논쟁을 하게 되더라도 고객과 회사에 가장 좋은 결론을 얻기 위해 치열하게 고민할 것을 요구하는 것이다. 위계 조직에서는 이슈를 둘러싼 갈등이 있을 때 직급이 제일 높은 사람의 의견을 따라가는 경향이 있지만, 아마존에서는 그런 식으로 적당히 의사 결정을 내리고 넘어가는 일은 금기시된다. 또 한 가지 주목할 점은 회의 준비 방식이다. 회의를 소집하는 사람은 참가자들의 시간을 최대한 효율적으로 활용하고 의사 결정에 도움이 될 수 있도록 자료를 준비한다. 일반적으로 사용하는 PPT 자료는 그림, 도형, 특수 효과 등을 풍부하게 사용하여 시각적으로 보기는 좋지만 디테일한 맥락이 드러나지 않기 때문에 발표자가 일일이 설명을 해야 하고 의사 결정에 필요한 핵심 정보가 빠진 문서가 될 수도 있다. 반면 워드로 작성한 텍스트 문서는 마치 학위 논문이나 조사 보고서처럼 사안의 배경, 이슈, 원인, 옵션 등에 대해 필요한 정보를 충분히 담으면서도 간결하게 작성할 수 있다. 다만, 풍부한 정보를 제대로 파악하기 위해 시간이 소요되는 관계로 회의를 시작할 때 묵독이 필요한 것이 특징이다.

소통하는 조직이 일하는 법

수평적 조직에서 소통이 잘 된다는 것은 구체적으로 어떤 의미인가? 미국 MIT 미디어랩Media Lab의 알렉스 펜트랜드Alex Pentland 연구팀은 웨어러블 장비를 활용한 팀 소통 실험을 통해 중요한 시사점을 발견했다. 팀원들이 근무 시간 중 웨어러블 장비를 착용하고 일하면서 기록된 소통과 상호 작용에 대한 데이터를 모아 사람들이 만나는 빈도, 대화 참가 인원, 발언 시간, 목소리 톤 등 다양한 변수를 수치화했다. 그리고 이런 변수를 팀 성과 지표와 연계해 분석했다. 최고의 성과를 내는 팀들은 자주 소통하고(하루 12번 이상), 비공식적 소통도 활발하며(하루에 30분 이상), 팀 내부뿐 아니라 외부와도 정보를 공유하고, 당장의 업무 처리에 필요한 것 외에 구성원 학습을 위한 소통도 많이 하고 있었다. 무엇보다도, 모든 사람이 비슷한 비율로 발언하고 있었다. 반대로 성과가 낮은 팀일수록 일부가 발언권을 독점하고 다른 사람들은 소외되어 침묵하는 패턴을 자주 보였다. 그리고 팀 내 소통 방식의 차이는 구성원의 지능, 성격, 스킬 등이 성과에 미치는 영향력을 모두 합친 것보다 컸다.

피터 드러커는 '조직에 있어서 소통은 수단means이 아니라 존재 양식mode'이라고 말했다. 조직과 문화는 소통을 떠나서 생각하기 어렵다는 의미다. 찰스 펠러린Charles Pellerin 박사는 저서《나사, 그들만의 방식》에서 "조직 실패의 80~95퍼센트는 잘못된 의사소통 때문에 일어난다"고 지적한다. 게다가 요즘 디지털 세대 직장인들은 자기 생각을 제대로 표현할 수 있는 직장에서만 일에 몰입한다. 기업들이 직원 간의 소통에 신경을 많이 쓰지 않을 수 없는 이유다.

전통적 조직에서의 소통은 눈치, 침묵, 일방통행 등 답답한 현실을 벗어나지 못하고 있다. 잡코리아와 알바몬이 2017년 직장인과 알바생 2860명을 대상으로 실시한 조사에서는 응답자의 79.1퍼센트가 직장 내 소통 장애를 경험한 적이 있다고 답했다. '말실수로 눈 밖에 나지 않기 위해' 눈치를 보고, '말해도 공감을 얻지 못할 것'이라 생각하니 침묵하고, '부하 직원들이 입을 열지 않으니' 상사가 일방적으로 할 말만 하고 끝내는 식의 소통인 것이다. 이런 분위기에서 정보는 특정 채널에서만 유통되고, 최소한의 소통만으로 돌아가는 조직의 동맥 경화가 생긴다.

장애 없는 소통 문화를 달성하려면 무엇보다 투명성과 개방성이 필요하다. 하루아침에 달성하기는 어렵겠지만, 중요한 문제에 대해 직접 소통하고, 구성원의 의견을 경청해 주고, 모든 구성원에게 회사 정보를 공개하고, 구성원에게 소속감과 성장한다는 느낌을 주려고 노력하다 보면 점차 신뢰가 쌓이고 장애 없는 소통을 할 수 있다.

회사의 사업과 경영에 대한 중요한 정보는 여러 단계를 거쳐서 전달되는 것보다 조직 리더로부터 직접적으로 전달되는 것이 좋다. 페이스북 CEO 마크 저커버그Mark Zuckerberg는 일주일에 한 번씩 전 직원 대상 질의·응답 세션을 갖고 직원들의 사소한 궁금증에 대해서도 공개적으로 답을 한다. 구글의 창업주와 경영진 역시 매주 타운홀 미팅을 통해 회사 상황에 대해 구성원들에게 직접 소통하고 해외의 직원들은 비디오로 참여할 수 있도록 했다.

SK그룹 최태원 회장은 2019년 한 해 동안 구성원 및 이해 당사자들과 100번의 '행복 토크'를 하겠다고 다짐했고 실제로 약속을 지킨 바 있다. 형태는 타운홀 미팅과 유사하지만, 격식을 탈피한 방식으로 진행된다. 미리 안건이나 질문을 정하지 않고 그 자리에서 궁금한 것을 질문하고 의견을 제안할 수 있으며, 구성원들과 만나는 장소도 회사 외부를 포함해 유연하게 결정한다. 행복 토크가 공지되면 참가 여부는 구성원이 자발적으로 결정하는데, 공간을 꽉 채우는 경우가 대부분이고, '번개(즉흥)' 모임으로 당일 공지가 되었는데도 90명에 가까이 모인 적도 있다.[22]

수평 조직에서 소통은 구성원의 업무 관련 역량을 키우고 관점을 확대하는 중요한 방법이다. 구글은 각 분야별 최고의 전문가를 초빙해 인사이트를 공유하는 '토크 앳 구글Talk at Google'과 중요한 내부 기술 이슈에 대한 발표 및 토론의 장인 '테크 토크Tech Talks' 행사를 오랫동안 운영해 오고 있다. IBM은 'IBM 테크놀로지 아카데미IBM Academy of Technology'를 통해 관련 기술 분야별 사내외 전문가들이 정보를 교류하고 성장할 수 있는 플랫폼을 제공한다.

　수평 조직이라고 해서 구성원의 불만이 없는 것은 아니다. 오히려 기대 수준이 높기 때문에 조금만 불편하거나 문제가 있어도 불만을 토로하는 구성원이 생긴다. 따라서 구성원들이 업무와 조직 생활에서 느끼는 각종 문제를 다양한 방법으로 파악하고 대응할 필요가 있다. 8년 연속으로 '일하기 좋은 직장'에 선정된 글로벌 소프트웨어 전문 기업 사스SAS는 매년 직원 만족도 설문과 경영진 피드백 설문을 통해 경영에 반영하고 회사 자체의 '라이브 채널'을 통해 경영진이 직원들의 의견을 직접 듣고 있다. 1998년 설립된 디지털 미디어 대행사 플립커뮤니케이션즈는 구성원들이 잡플래닛 등 회사 리뷰 사이트에 부정적인 글을 남긴 경우 신중하게 검토한 후 회사의 입장을 밝히거나 개선 방향에 대해 솔직하게 코멘트를 쓴다.

　진실성 있는 소통을 하는 것은 구성원들 간에 소속감을 확인하는 가장 좋은 방법이다. 업무와 직접적 관련이 없는 소통도 조직을 단단하게 만드는데 도움이 된다. 덴마크의 블록 완구 제조 기업 레고는 하루 동안 전 직원이 레고 블록 놀이를 하며 팀 빌딩을 하는 레고 플레이 데이Lego Play Day 행사를 운영한다. 2014년 창업해 5년 만에 유니콘 기업이 된 미국 소프트웨어 회사 포디움Podium은 직원들만 팔로우할 수 있는 비공식 인스타그램 계정을 2017년 오픈했는데, 1년 남짓한 기간 동안 각종 회사 이벤트와 직원들 대소사와 관련된 게시물이 2000개 이상 등록되고 무수한 댓글이 달리는 등 뜨거운 반응을 얻었다. 2008년 5명으로 시작해 직원 1000명이 넘은 SNS 통합 관리 플랫폼 기업 훗스위트hootsuite는 조직 규모가 커지면서 소통의 벽이 생기기 시작하자 전 직원을 무작위로 연결해 커피 한 잔 나누며 대화하는 '랜덤 커피Random Coffee' 프로그램을 도입했다. 반응이 뜨거워 매주 300~400명이 만나는 규모로 확대되고 조직 내부 소통이 활발해지자 정식 서비스로 만들어 출시하기도 했다.

창의성이 흐르는 공간

수평적인 조직들은 업무 공간도 그에 맞는 구조로 설계한 경우가 많다. 일하는 공간의 구조는 실제로 일하는 사람들의 행동에 많은 영향을 미친다. 주중 매일 8시간 이상을 일터에서 보내는 직장인들에게 일하는 공간은 개인의 건강뿐 아니라 팀 분위기, 업무 생산성, 동료와의 협업 등에 모두 영향을 미치는 중요한 조직 문화 요인이다.

공간이 조직 문화에 미치는 긍정적 영향력 가운데 가장 중요한 것은 창의력에 관한 것이다. 미네소타대 칼슨 경영대학원의 조안 마이어스-레비Joan Meyers-Levy 팀은 100명의 실험

참가자를 천장 높이가 각각 2.4미터와 3미터인 다른 방에 들어가 다양한 문제를 풀도록 했다. 그 결과, 천장이 높은 방에서 문제를 풀었을 때는 자유롭고 창의적인 사고가 필요한 문제의 점수가 높았다. 반대로 천장이 낮은 방에서는 집중력을 요하는 문제의 점수가 높게 나타났다. 시야를 제약하지 않는 넓은 공간에 있을 때 창의적인 사고를 하게 된다는 점을 보여 준다. 페이스북의 캘리포니아 본사가 천장 높이를 8미터로 설계한 것은 우연이 아니다.

위계 조직은 공간의 배치에 있어서도 권위, 질서, 효율을 우선시한다. 직원 업무 공간은 오로지 일만 할 수 있는 단순 격자grid형 레이아웃이고, 관리자가 한 눈에 볼 수 있도록 좁은 공간에 모여 일한다. 부서와 부서는 벽이나 파티션 등으로 명확히 구분되고, 외부 시선을 차단하도록 막혀 있는 경우가 많다. 또 한 가지 특징은 조직 안의 서열이 공간에도 반영되어 있는 것이다. 임원 집무 공간은 직원들과 거리를 두고 위치하며 넓고 쾌적할 뿐 아니라 고급스러운 집기가 비치돼 있고, 직원들을 불러 회의를 하거나 외부 손님을 맞을 수 있도록 안락한 소파가 놓여 있는 경우도 많다. 임원 집무 공간을 지날 때마다 구성원들은 위계질서를 느낀다.

수평 조직은 팀 중심으로 도전과 실험을 통해 새로운 결과물을 만들어 내는 데 유리한 공간 환경을 제공해야 한다.

팀 멤버 간의 유대감을 높이면서도 개방성이 공존하며, 실험 정신을 자극하는 공간적 특성이 필요하다. 혁신적인 업무와 수평적 소통을 위해서는 구성원들이 높은 몰입도를 유지해야 한다. 높은 몰입도를 계속 유지하는 것은 정신적으로 상당히 고된 일이고 주의력을 소진시킨다. 따라서 개인적 몰입을 위한 공간, 그룹 브레인스토밍 등 협업을 위한 공간, 휴식 공간을 적절한 균형을 고려해 설계해 넣어야 한다. 집단 지성과 소통을 위한 파격적인 노출 공간을 중간에 배치하고, 사무 집기나 용품 등 역시 자유분방함과 유연함을 느낄 수 있는 것으로 선택하면 좋다.

덴마크 빌룬드Billund의 레고 본사는 놀이방을 연상시키는 장난스러운 인테리어로 구성되고 있다. 다채로운 색감의 벽지와 가구, 층간을 연결하는 미끄럼틀, 여기저기 배치된 레고 블록 무더기 등은 놀이터 같은 사무실 속에서 직원들의 창의력과 상상력을 자극하기 위한 것이다. 미국 소프트웨어 기업 사스는 1980년대부터 사내 피트니스 센터, 의료 시설, 카페, 보육 시설 등을 갖춰 일하기 좋은 직장으로 알려졌을 뿐아니라, 창의성이 예술로부터 영감을 받는다는 경영자 신념에 따라 사옥 안팎에 많은 예술 작품을 비치하고 있다. 이를 운영하고 설명하는 예술가 두 명이 정직원으로 상주해 있기도 하다.

네이버는 '능동, 변화, 젊음'의 가치를 담아 분당 사옥을 설계했다. 1, 2층은 라이브러리로 모든 사람에게 개방된 공간이다. 직원 개인 업무 공간을 따로 운영하고 있고, 맨 위 27층은 소통의 공간으로 이용하며, 안마실, 수면실, 편의점, 식당, 우체국 등 모든 편의 시설이 건물 안에 구비되어 있다. 게임 기업 크래프톤은 2019년 판교 알파돔(현재 크래프톤타워)으로 이전했고, 국내 최고의 근무 환경으로 각광받고 있다. 공기질, 조명까지 철저히 관리하고, 층별로 열린 회의 공간을 마련했다. 1인 업무 공간을 두고 기능형 가구를 배치해 불편함 없이 업무에 집중하도록 배려했다. 15층 메인 라운지는 사내 타운 홀 미팅 공간으로 활용되고, 임직원과 방문객을 위한 PC방, 만화방, 콘솔 게임방도 조성되어 있다.

수평적 조직 문화를 위해 공간을 재설계할 때는 조직 안의 관계를 고려해야 한다. 공간을 구성하는 요소로서 사람을 생각해야 한다는 의미다. 몇 년 전 한 국내 제조 대기업 본사는 사무직 임직원들을 대상으로 변동 좌석제를 도입하면서 내부 인테리어를 전부 바꿨다. 개인별 지정 좌석을 없애고 쾌적하게 리모델링한 사무실에 출근하는 순서대로 원하는 위치에 앉을 수 있게 한 것이다. 그랬더니 직원들의 출근 시간이 상당히 앞당겨졌다. 팀장들의 지정석은 그대로 두었는데, 직원들이 최대한 자기 팀장 자리에서 먼 곳부터 앉기 위해서 출근 시간을 앞당겼던 것이다. 공간을 바꾸는 것이 사람들의 생각과 행동을 좀 더 혁신적으로 만들 수 있는 것은 사실이지만, 공간만으로 그렇게 되는 것은 아니다. 결국은 그 안에서 일하는 사람들이 문화에 더 큰 영향을 미치기 때문이다.

수평적인 조직은 일하기 편한 곳일까

전통적 위계 조직은 모든 구성원에게 높은 수준의 자율성을 요구하지 않는다. 수직적인 지시 및 명령 체계, 상급자의 관리 감독, 명확한 상벌 등을 통해 조직의 규범과 질서를 유지할 수 있기 때문이다. 구성원들은 조직의 지시와 규범을 성실히 따르도록 요구받는다. 반면 수평 조직은 이런 타율적 관리를 넘어서기 위해 노력한다. 성숙한 구성원들이 자발적으로 조직 목적을 위해 자기 책임을 다할 것이라고 믿는다.

수평 조직은 위계 조직에 비해 작고, 빠르고, 유연하다. 조직 구조가 단순하고 구성원 간의 관계가 대등한 편이며, 형식을 따지지 않고 직설적으로 소통한다. 이런 조직에서는 시스템이 일일이 규정하지 않은 빈 부분이 구성원들의 자발성으로 채워져야 한다. 스스로 도전적인 목표를 추구하고, 높은 전문성을 유지하기 위해 자기 계발을 하는 구성원이 있어야 조직이 혼란이나 무능, 무책임에 빠지지 않을 수 있다. 수평적인 조직에서 구성원들은 불필요한 시간 낭비나 절차 없이 일할 수 있지만, 그만큼 전문성을 갖추고 높은 목표를 추구하며 자율성을 발휘해야 한다.

수평적인 조직을 만드는 것은 그에 걸맞은 구성원을 선발하는 것과 따로 떼어 생각할 수 없다. 국내 기업들이 오랫동안 수평적이고 유연한 조직 문화를 만들려는 시도를 해왔지만, 쉽게 성공하지 못했던 이유이기도 하다. 수평 조직에 맞는 인재들을 뽑는 것은 쉬운 일이 아니다. 수평 조직의 채용은 다른 조직보다 훨씬 까다롭게 이루어져야 한다.

"기업의 조직 문화는 어떤 사람을 선발하고 승진하고 해고하는지에서 드러난다." 넷플릭스의 조직 문화를 만들었다고 인정받는 창업자 리드 헤이스팅스Reed Hastings가 자주 했던 말이다. 창업자 2명으로 시작해 세계적 대기업이 된 구글 역시 'HR 업무의 90퍼센트는 채용'이라고 강조한 것으로 잘 알려져 있다. 월터 아이작슨Walter Isaacson이 쓴 《스티브 잡스》에 따르면 잡스 역시 직원 채용 과정에 강한 통제권을 행사했다. 그는 특히 창의적이고 똑똑하지만 약간 반항적인 사람을 영입하기를 좋아했다고 한다. 잡스는 혁신을 만들어 내는 애플의 시스템이 무엇이냐는 기자의 질문에 '우리는 시스템을 만들지 않고, 좋은 사람을 채용한다'고 대답하기도 했다.

구성원을 까다롭게 뽑는 것은 모든 조직에 도움이 된다. 스탠포드대 경영대원의 제프리 페퍼Jeffrey Pfeffer는 1990년대 후반 당시 세계의 대표적 고성과 기업들의 인사 관리 관행을 조사하여 일곱 가지 공통점으로 정리했는데, 그중 하나가 '신중한 채용Selective hiring'이었다.[23] 인사 전문가들 사이에서는 '어렵게 뽑고, 쉽게 관리하라Hire hard, manage easy'는 말이 오래 전부터 불문율처럼 전해져 왔다. 성급하게 채용하면 관리가 어려워진다는 것이다. 하지만 전통적 조직에서 우수한 인재가 꼭 수평적 문화에서도 우수한 인재는 아닐 수도 있다. 위계 문화에 맞는 인재는 기본적으로 순응적이고 인내심이 강하며 기존 관행을 눈치껏 잘 살펴야 하는데, 이런 인재들은 수평적 문화의 조직에서는 자기 생각이 없고 적극성이 부족하며 추진력이 부족하다는 지적을 받기 쉽다. 또한 수평 조직에서는 전통적인 조직에서보다 구성원을 까다롭게 뽑는 것이 특히 더 중요하다.

지시와 통제를 최소화한다는 수평 조직의 강점이 문제로 나타나는 유형의 직원들이 있다. 첫 번째는 자발성이 부족한 경우다. 수평 조직에서 업무 지시나 근태 관리를 하지 않는 이유는 구성원들이 자발적으로 필요한 업무를 스스로 찾아서 할 것이라고 믿기 때문이다. 그런데 자발성이 부족한 직원들은 지시가 없다는 점을 이유로 일을 하지 않고 기다린다. 스스로 찾아서 부딪쳐 가면서 일하지 않고, 나중에 문제가 되었을 때 '관리자가 나를 도와주지 않았다', '체계가 없어서 어떻게 일을 할지 모르겠다'는 식의 푸념을 늘어놓게 된다. 한국은 노동법 특성상 미국처럼 해고가 자유롭지 못하기 때문에, 월급은 받아 가면서 성과는 내놓지 않는 '월급 루팡'들이 생겨날 수 있다.

구성원의 역량이 부족한 경우도 있다. 수평 조직은 전

통적 조직보다 업무 회전 속도가 빠르고, 새로운 경험을 많이 하게 되기 때문에 실무 역량과 빠른 학습 능력이 필수다. 모든 사람이 최고의 역량을 가지고 있는 것은 아니다. 정말 잘하고 싶고, 열심히 하는데도 동료들의 업무 속도와 기대 수준에 미치지 못할 수 있다. 이럴 때 솔직히 인정하고 도움을 청해야 하는데, 자존심 때문에 혼자 마음고생을 하다가 문제를 야기할 수 있다. 이런 직원들을 그냥 두면 제대로 일하는 다른 직원들에게까지 민폐가 되고, 협업에 차질이 생긴다.

세 번째는 문제 직원인 경우다. 수평 조직은 모든 구성원이 회사의 이익에 맞게 성숙한 행동을 할 것으로 믿고 통제를 하지 않는다. 이로 인해 조직과 동료에게 해를 끼치는 소수의 사람, 즉 문제 직원toxic employees을 제때 찾아내 조치하지 못할 우려가 있다. 조직 내 문제 행동은 횡령, 성추행, 폭력 등 명백한 것에서부터 독선, 모욕, 무시, 비아냥, 따돌림, 오만함, 냉담함, 거친 언사 등 증거가 뚜렷하지 않은 것까지 다양하다. 이런 직원들은 조직에 심각한 해를 끼친다. 실제로 5만 명 이상의 직장인들을 대상으로 한 하버드대 연구에 따르면 채용 시 문제 직원 한 명을 걸러 내는 것이 우수 직원 한 명을 선발하는 것보다 재무적으로 두 배 이상의 긍정적 효과가 있다고 한다.[24]

채용의 기준

아마존 CEO 제프 베조스는 2019년 여름 인스타그램에 자신이 25년 전 올렸던 첫 개발자 구인 광고의 스크린 샷을 게재했다. 그 내용을 보면 아마존이 창업 초기부터 인재 선발에 대한 아주 높은 기준을 가지고 있었다는 것을 알 수 있다. 지원 요건에 "복잡한 시스템 구축을 일반적인 소요 시간의 3분의 1 안에 끝낼 수 있어야 함"이라고 썼던 것이다. 《아마존, 세상의 모든 것을 팝니다》라는 책에는 베조스가 "많은 회사가 성장에 집중하다 보면 부족한 인력을 충당하기 위해 채용 기준을 낮추기 시작한다. 우리는 아마존에 그런 일이 일어나지 않도록 이 제도를 도입했다. 채용에 아무리 오랜 시간이 걸려도 이를 없애지 않을 것이다"라는 말을 하는 대목이 나오는데, 아마존의 '바 레이저Bar Raiser' 제도를 말하는 것이다.

'채용 기준을 높이는 사람'이라는 뜻의 바 레이저는 채용에 대한 거부권을 가진 면접관이다. 사실 아마존의 채용 절차나 전형 방식 자체는 여느 IT 기업과 다르지 않다. 입사 지원자는 평균 네 번 정도의 면접을 보게 되는데, 그중 한 명은 반드시 바 레이저다. 객관성 확보를 위해 지원자의 포지션과 무관한 부서 사람이 투입되며, 면접관 중 누가 바 레이저 역할인지 지원자는 알 수 없다. 바 레이저들은 원래 자신의 업무와 별도로 면접 활동에 참여하며, 최소 100회 이상의 인터뷰 경험이 있어야 하고 일정 주기의 자격 심사 결과에 따라 교체되기도 한다. 핵심은 바 레이저가 탈락시킨 후보는 채용 부서가 아무리 원해도 입사할 수 없다는 점이다. 즉 이들의 역할은 오로지 자격이 부족한 후보자를 탈락시키는 것이다.

2011년 3만 명이었던 아마존의 직원 수는 2018년 말 64만 7500명으로 불어났다. 합병을 통해 아마존 직원이 된 경우를 제외하더라도 매년 수만 명 이상의 직원이 입사하고 있는 셈이다. 매년 대기업 계열사가 몇 개씩 새로 생겨나는 것과 같은 속도로 사람을 뽑는 상황에서 극단적으로 엄격한 기준을 적용하지 않으면 순식간에 B급, C급 인재가 들어와서 조직 문화와 성과를 무너뜨릴 수 있다. 베조스가 '지원자 50명을 인터뷰했는데도 마음에 드는 후보가 없다면 잘못된 사람을 뽑기보다는 차라리 안 뽑고 말겠다'는 말을 했던 것도 같은 맥락이다. 이렇게 까다로운 눈높이를 통과한 아마존 직원들이 업계의 스카우트 대상이 되는 것은 당연하다. 아마존의 까다로운 기준은 거꾸로 우수한 인재들이 아마존에 몰리는 이유이기도 하다.

좋은 인재를 선발하는 것은 중요한 경영 활동이지만, 업무도 잘 해내고 조직에도 맞는 최적의 인재를 선발하는 것은 간단하지 않다. 인재 선발은 다양한 오류 가능성과의 싸움이기 때문이다. 가장 일반적인 오류는 소위 '스펙'의 오류다. 스펙이 좋은 사람이 일도 잘하고 인성도 좋을 것이라고 믿는 것이다. 하지만 이는 업무 성과와 상관관계가 거의 없다는 것이 많은 연구로 증명되었다. 채용에서 가장 많이 보는 스펙은 나이, 학력, 경력(연차)인데, 채용 도구의 타당성에 대한 기념비적인 연구에 따르면 나이는 성과를 전혀 설명하지 못하고, 학력은 1퍼센트, 경력은 3퍼센트 정도밖에 설명하지 못한다.[25]

스펙 위주로 인재를 뽑았을 때 얻는 결과들은 대부분 수평적 조직이 필요로 하지 않는 것이다. 우선 좋은 스펙을 갖춘 인재는 순응형 인재인 경우가 많다. 고분고분하게 지시를 잘 따르는 것은 위계 조직에서는 강한 장점이지만, 수평 조직에서는 장점이라고 하기 어렵다. 오히려 창조성과 리스크 수용성 등이 부족한 것이 약점이 된다. 수평 조직에 필요한 인재는 기존 질서를 수용하고 적응하는 사람보다는 문제나 불만이 있을 때 참지 않고 새로운 기회로 만들어 내는 사람이다.

스펙은 화려한데 실제로 일을 못하는 경우도 있다. 제한된 시간 안에 많은 스펙을 쌓기 위해서는 한 분야의 전문성을 높이기보다 여러 분야를 조금씩 많이 겪어 보는 것이 유리하다. 두루두루 조금씩 아는 것은 전통 조직의 관리자들에게 유리한 자질인데, 수평 조직은 전문성 없는 일반 관리자를 많이 필요로 하지 않는다. 스펙만 화려한 제너럴리스트를 뽑아서 전문성과 문제 해결 능력이 요구되는 업무를 시키면 당연히 일을 못하고, 자기가 직접 하기보다는 남을 시켜서 하려고 한다.

조직 전반의 인재 다양성이 떨어지게 되는 것도 큰 문제다. 스펙은 사람들을 걸러내는 체와 같은 역할을 한다. 스펙을 기준으로 채용하면 조직 구성원들이 모두 비슷비슷해진다. 스펙 위주의 신입 공채로 사람을 뽑아서 장기간의 입문 교육을 거치게 하는 과거의 대기업 관행은 이런 결과를 가져왔다. 대기업 임원들은 사람의 외양만 봐도 자기 회사 직원인지를 알아볼 정도였다. 하지만 인적 다양성은 조직 창의성의 전제다. 서로 다른 경험, 생각, 지식을 가진 사람들이 서로 협업하고 충돌할 때 창의적인 시도가 가능하다. 수평적 조직에서는 이런 부분이 필수적이다.

그렇다면 수평 조직에 적합한 인재를 뽑기 위해서는 어떤 방식으로 선발해야 할까? 여러 가지 방법이 있겠지만, 가장 일반적으로 적용할 수 있는 방법은 실제 과제를 수행하도록 하는 것과 구조화된 면접을 병행하는 것이다. 과제 수행 방식에는 기술 면접, 시뮬레이션, 코딩 테스트 등의 형태가 있다.

기술 면접은 면접을 통해 실무 능력을 검증하는 방식이다. 이력서에 기재된 프로젝트 내용에 대한 진실성 및 업무 관련 절차 및 기술에 대한 이해도 등을 파악하기에 좋다. 시뮬레이션은 실제 업무 중에 벌어질 수 있는 상황을 제시한 후 해결해 가는 과정을 관찰하여 전문성을 평가하는 것이다. 모든 후보자에게 같은 난이도의 과제를 제시하여 형평성을 확보할 수 있고, 미리 경험해 보지 못한 상황에 대응하는 창의력과 유연성을 평가할 수 있는 것이 장점이다. 코딩 테스트는 실리콘밸리 IT 기업의 채용에서 일반화된 방식으로, 실제 업무와 관련된 개발 요구서나 문제 기술서를 제시하면 지원자가 이해, 분석, 판단, 코딩까지 수행하여 그 결과물인 코드와 주석 등을 제출하여 평가한다. 실제 업무 상황과 가장 밀착된 평가 방식이고, 후보자의 진짜 실력을 평가할 수 있어 블라인드 테스트 방식으로 많이 쓰인다.

과제 수행 방식의 전형이 제대로 이루어지기 위해서는 두 가지 전제 조건이 필요하다. 우선 과제의 내용이 잘 준비되어야 한다. 검증이 필요한 후보자의 전문성을 영역별로 구분하여 어떤 과제를 부여하고, 난이도와 평가 기준은 어떻게 할 것인지 미리 정해 두어야 한다. 이런 내용들은 실제 해당 직무에서 닥치게 될 상황과 유사해야 한다. 두 번째로 중요한 것은 전문성을 갖춘 과제 수행 평가자다. 코딩 테스트의 경우 전문성 있는 평가자는 결과물만 보고도 후보자의 실력을 판단할 수 있지만, 평가자가 과제의 내용과 복잡성을 제대로 이해하지 못하면 전형 결과를 제대로 판단하지 못할 가능성이 높다.

따라서 이런 형태의 전형에는 조직 내에서 이미 해당 업무를 하고 있거나, 해본 경험이 있는 전문성을 갖춘 구성원의 참여가 필수적이며, 평가자는 직급이 아니라 오로지 전문성을 기준으로 선정되어야 한다.

업무 전문성이 중요하지만, 그것 하나만으로 사람을 뽑을 수는 없다. 똑같이 전문성이 높은 사람을 뽑아도 협업을 잘하고 약속된 성과를 내는 사람이 있는가 하면, 문제만 일으키다가 금방 회사를 옮기는 사람도 있기 때문이다. 그래서 실시하는 것이 행동 면접behavioral interviews이다. 인성 면접이라고 부르기도 한다. 행동 면접은 후보자가 팀에 들어와 일하게 되었을 때 실제 어떤 행동을 보일지 예측하기 위한 것이다. 이는 쉽지 않은 일인데, 누구나 '뽑아만 주시면 뭐든 하겠다'고 이야기할 수 있기 때문이다. 상당수의 면접관이 그런 말을 들으면 혹하는 것도 사실이다.

구조화된 행동 면접structured behavioral interviews을 실시하면 이런 문제를 어느 정도 해소할 수 있다. 행동 면접에는 구조화된 행동 면접과 그렇지 않은 일반 면접general interviews이 있다. 구조화된 면접은 면접에서 다루어질 역량 및 질문 문항이 미리 결정되어 있고, 사전에 정해진 척도에 따라 평가가 이루어지며, 훈련된 면접관에 의해 표준화된 방식으로 진행된다. 직무 관련성이 높고 체계적이며, 평가자 오류rater bias를 최소화하여 상대적으로 더 공정한 평가가 가능하다는 장점이 있다.

구조화 면접의 장점을 뒤집으면 일반 면접의 단점이 된다. 영국 심리학회British Psychological Society Group 조사에 따르면, 구조화 면접의 선발 타당도 계수는 0.48~0.61 사이로 높은 편이지만, 일반 면접은 0.05~0.19 정도로 극히 낮다. 그래서 일부에서는 일반 면접으로 인재를 제대로 뽑을 수 있는 확률은 동전을 던져서 결정하는 것보다 나을 것이 없다고 지적하기도 한다.

구조화되지 않은 방식으로 면접을 하면 체계가 없는 회사라는 느낌을 줄 수 있다. 면접에 대한 모든 권한을 면접관에 일임했을 경우 면접 과정에서 부적절한 태도, 불필요한 질문, 차별적인 발언으로 물의를 빚는 경우도 생길 수 있다. 2016년 사람인이 실시한 조사에서는 응답한 구직자 676명 중 86퍼센트가 면접 과정에서 겪은 경험 때문에 해당 기업에 대한 이미지가 나빠졌다고 답한 바 있다. 이런 문제는 한두 번의 해프닝으로 끝나지 않고 회사에 대한 부정적 이미지로 고착화되어 나중에 좋은 인재를 뽑으려고 할 때 장애 요인으로 작용할 수 있다.

구조화된 면접을 하는 회사는 많지만, 제대로 하는 것은 쉽지 않다. 직무 역량을 도출하고 질문과 척도를 만드는 데는 상당한 노력과 비용이 소요된다. 중소기업이나 스타트업으로서는 쉽지 않은 투자일 수 있다. 중견 기업과 대기업은 구조화 면접을 실시할 수 있는 제도와 컨텐츠 등의 인프라를 갖추고도 제대로 못하는 경우가 많다. 가장 큰 이유는 구조화된 면접 가이드를 준수하지 않기 때문이다. 여기에는 면접관에 대한 교육 및 훈련 부족, 면접관 성향에 따른 임의적 면접 진행, 면접 과정 및 결과에 대한 모니터링 부족 등의 원인이 있다. 구조화 면접은 배우지 않고 쉽게 할 수 있는 것이 아니다. 제대로 훈련받은 면접관이 가이드를 준수하며 진행하지 않는다면 좋은 채용 결과를 얻지 못할 가능성이 높다.

구조화된 면접으로 뽑아야 할 우수 인재는 세 가지 관점에서 바라봐야 한다. 첫 번째는 업무 능력이다. 채용하려는 포지션에서 요구되는 역량과 경험을 갖추고 가시적인 성과를 낼 수 있는 사람을 뽑아야 한다. 업무의 전문가나 해당 부서장이 판단할 수 있는 부분일 것이다. 두 번째는 조직 문화 적합성이다. 업무 능력이 뛰어나도 팀이나 조직에 어우러지기 어려운 사람은 제 역할을 내기 어렵다. 구글 같은 회사는 업무 능력보다 '구글리니스Googliness'라고 하는 조직 문화 적합성을 더 우선시한다는 이야기도 있다. 마지막으로 다양성이 있다. 기존 팀 또는 조직에 부족한 강점이나 경험, 관점을 갖춘 인재는 조직 역량을 확대하는 데 더 많은 공헌을 할 수 있다. 우수 인재에 대한 세부 요건은 기업에 따라 다를 수 있지만, 최소한

이 세 가지 관점에 근거해 선발한다면 수평 조직에 맞는 인재의 조건에서 크게 벗어나지는 않을 것으로 판단된다.

다양성으로 혁신하기

인재의 다양성을 높이는 것이 수평 조직에서 특별히 중요한 이유가 있다. 수평적 조직은 적은 인원으로 더 혁신적인 일을 하도록 설계된다. 인적 자원의 양적인 면에서는 상대적 열위를 갖는다는 의미다. 이런 한계를 극복하기 위해서 수평 조직의 구성원들은 더 높은 자발성, 창의성, 전문성, 팀워크를 발휘해야 하고, 조직 문화 역시 거기에 맞추어져 있어야 한다. 그리고 구성원들 사이에는 다양성이 있어야 한다.

인적 다양성은 수평 조직의 필수적인 특성 중 하나다. 서로 다른 배경, 관점, 성향을 가진 직원들이 격렬한 토론을 하는 것이 수평 조직의 강점이기 때문이다. 회사의 제도와 문화를 아무리 수평적으로 만들어 놓았더라도 비슷한 사람들로만 팀을 꾸려 놓으면 새롭고 재미있는 아이디어가 나오지 않는다. 선발된 직원들이 아무리 똑똑하고 유능한 경우라도 마찬가지다.

똑똑하지만 인적 다양성이 부족한 조직은 집단 사고 groupthink로 인해 위험에 빠질 가능성이 있다. 미국 케네디 행정부 때 쿠바 반정부 쿠데타를 일으키려 한 피그만 침공이 실패했던 것, 재무 상황이 건실하던 스위스 항공swissair이 무리한 사업 제휴 및 상호 출자를 반복하다가 파산한 것 등이 대표적인 사례다. 다양성이 높은 기업이 전반적인 재무 성과도 좋다는 연구 결과도 있다. 컨설팅 기업 맥킨지가 366개 기업을 대상으로 조사한 결과에 따르면, 성별·인종별 다양성을 확보한 조직은 산업 평균 대비 15~35퍼센트 높은 수익을 냈다.[26]

최고의 인재만 뽑는 원칙을 고수하면서 다양성까지 높이는 것은 쉽지 않은 일이다. 이는 실리콘밸리에서도 마찬가지다. 2016년 실리콘밸리 소재 177개 기업을 대상으로 조사한 보고서에 따르면, 백인 남성과 아시아계 남성 임직원이 모든 레벨에서 65~75퍼센트로 절대다수를 차지하고 있었다(전문직 64.6퍼센트, 관리자 64.4퍼센트, 임원급 75.0퍼센트).[27] 반면, 흑인과 남미계는 성별을 불문하고 1~2퍼센트 수준으로 매우 낮았다.

최근에는 실리콘밸리 기업들도 인적 다양성을 높이기 위해 다양한 노력을 기울이고 있다. 클라우드 기반 팀 협업 도구를 개발하는 슬랙Slack이 대표적이다. 이 회사도 구글, 페이스북, 마이크로소프트 등 다른 거대 IT 기업들과 마찬가지로 백인과 아시아계 남성 위주로 구성되어 있었다. 2010년대 중반 이후부터 다양한 방식으로 다양성을 높이기 위해 노력하고 있다. 여성과 소수 민족을 위한 코딩 캠프를 운영해 입사 지원을 유도하고, 잡 포스팅에 쓰이는 직무 기술서를 최대한 인종이나 성별 편향이 나타나지 않도록 수정했다. 화이트보드 코딩 면접에 심리적 압박감을 느끼는 후보들을 위해서 블라인드 코딩 테스트도 도입했고,[28] 특정 인종이나 배경의 후보자에 유리한 평가를 하지 않도록 면접 문항 및 평가 기준을 다시 구조화했다. 또한 조직 구성원의 다양성 보고서를 매년 회사 공식 사이트를 통해 대외에 자발적으로 공개하고 있다. 이런 노력은 매년 꾸준히 조금씩 다양성을 높이는 데 기여했다. 특히 여성 인력 비중은 괄목할 정도로 향상되었다. 2019년 기준 슬랙의 여성 직원은 전체의 45.8퍼센트이고, 관리직의 50.2퍼센트, 기술직의 34.6퍼센트를 차지하고 있다.

채용 브랜딩

자질을 갖춘 인재가 반드시 필요한 수평 조직에게는 인재를 끌어들이는 경쟁력이 중요하다. 이를 채용 브랜드employer brand 라고 한다. 채용 브랜드의 핵심은 구성원이 일하기 좋은 회사를 만들어야 한다는 점이다. 구성원이 일하기 좋은 직장을 만들면, 외부에 있는 우수 인재들도 입사하고 싶어 한다. 2014년 한 해 구글은 약 6000명의 직원을 뽑았는데, 지원자가 무려 300만 명이었다. 탈락 확률이 99.8퍼센트인 셈이다. 그럼에도 불구하고 인재들이 구글에 지원하는 이유는 구글 직원이 되기만 하면 세계 최고의 인재들과 좋은 기업 문화 속에서 흥미로운 일을 할 수 있고 자신의 경력 가치도 몇 배 높일 수 있기 때문이다. 구글의 채용 브랜드가 얼마나 강한지 잘 보여 주는 사례다.

몇 년 전 까지만 해도 우리나라에서 생소한 개념이었던 채용 브랜드는 최근 많은 관심을 받고 있다. 여기에는 2014년 4월 서비스를 시작한 기업 리뷰 및 취업 정보 포털 잡플래닛의 역할이 컸다. 사내 문화, '워라밸', 복지 수준, 경영진, 성장 가능성 등 생생한 내부 정보를 확인할 수 있도록 했기 때문이다. 최근 구직자들은 지원 회사의 잡플래닛 리뷰를 거의 다 읽고 오는 경우가 많다. 5점 만점인 리뷰의 평점이 2점 초반 이하인 기업은 인재 채용이 어려울 정도다.

채용 브랜드는 중소기업이나 스타트업에 더 절실한 문제다. 인지도, 안정성, 연봉 등에서 대기업에 비해 경쟁력을 갖지 못한 경우가 대부분이기 때문이다. 청년 실업률이 꽤 높은 상황에서도 인력 확보에 어려움을 겪는 기업이 많은데, 만약 젊은 노동 인구가 지금보다도 더 감소하면 정말 심각해질 수 있는 문제다. 설상가상으로 한국은 국가 차원의 채용 브랜드가 약한 편이다. 스위스 국제 경영 개발 연구원이 발표한 〈2019 세계 인재 보고서〉에 따르면 한국의 인재 경쟁력은 63개국 중 33위로, 대만이나 말레이시아보다도 낮다. 인재들이 한

국보다는 다른 나라 기업에서 일을 하고 싶어 한다는 의미다.

채용 브랜드가 중요하다는 것은 인정하면서도 당장 수익을 내야 하는 경영자 입장에서는 투자의 우선순위가 고민이다. 채용 브랜드에 투자하는 것은 여러 모로 경영 성과에 긍정적 영향을 미친다. 우선 좋은 인재를 뽑을 수 있다. 우수 인재들은 대부분 이미 회사를 잘 다니고 있는 경우가 대부분이라 현재보다 채용 브랜드의 매력이 덜한 회사로 옮길 이유가 없기 때문이다. 강한 채용 브랜드를 갖춘 회사는 직원 몰입도 역시 평균보다 높다. 더불어 같은 급여로 더 좋은 인재를 뽑을 수 있다.

좋은 채용 브랜드를 구축하기로 결정했다면, 다음과 같은 요건을 갖춰야 한다. 첫째, 사실에 기반해야 한다. 직원들이 실제로 느끼는 것과 괴리가 큰 과장된 브랜딩은 외부에서 쉽게 알게 된다. 어느 정도의 포장은 불가피하지만, 선을 넘으면 안 된다. 구성원들이 공개된 익명 공간에서 냉소적으로 반응할 경우 이미지 실추 등 부정적인 결과로 이어지기 때문이다. 몇 년 전 설문에 따르면, 회사가 대외적으로 표방하는 브랜드 이미지가 그 회사 직원들이 '실제 일터에서 경험하는 것과 일치한다'는 한국 직장인들의 답변은 11퍼센트밖에 되지 않았다.[29]

둘째, 회사가 뽑고 싶은 사람들에게 매력적이어야 한

다. 잠재적 지원자들에게 어필할 수 있는 기업의 제공 가치는 보상, 경력, 워라밸, 조직 문화, 근무 환경 등 다양하다. 하지만 기업이 구성원들에게 제공하는 가치가 무한하지 않기 때문에 누구에게나 매력적일 수는 없다. 결점이 없는 회사는 없다. 따라서 회사가 필요로 하는 사람들이 매력적으로 느낄 만한 요소에 집중하는 것이 필요하다. 즉, '매력'에 대한 가치 판단이 철저하게 구성원 관점에서 내려져야 한다.

셋째, 독창성이 있어야 한다. 채용 브랜드는 차별화 게임이다. 모든 면에서 앞설 수 없기 때문에 최소 한두 가지의 차별화된 장점이 있어야 한다. 이를 위해서는 다른 기업들이 어떤 채용 브랜드를 제시하는지에 대해서도 이해하는 것이 중요하다. 한 업종 안에서 서로 비슷한 수준의 사업 아이템과 기술을 가지고 경쟁하고 보상이나 복지 수준도 비슷하다면, 지원자들은 결국 조직 분위기, 경영진 성향, 기존 구성원의 수준 등을 감안하여 지원 및 입사 여부를 결정할 가능성이 높다. 그런 부분에서 동종 업계 기업들과 어떻게 차별화할지를 고민해야 한다.

채용 브랜드의 핵심은 직원 가치 제안Employee Value Proposition이다. 마케팅의 고객 가치 제안Customer Value Proposition을 변용한 것인데, 회사마다 그 내용이나 구성이 달라야 한다. 직원 가치 제안을 구성하는 요소들은 기업의 대외적 이미지, 일을 통한 성장 기회, 업무 수행 여건, 긍정적인 조직 문화, 보상과 복지 등이다.

높은 급여와 좋은 복지를 제공하는 기업들이 인재 확보에 유리한 것은 사실이다. 그러나 돈으로 인재를 끌어들이는 전략은 가장 쉽게 베낄 수 있는 전략이고 일정 수준을 넘어서면 차별화가 되지 않는다. 최근 한 글로벌 조사에 따르면, 기업을 선택한 이유 다섯 가지로 급여와 복지를 전혀 언급하지 않은 응답자가 41퍼센트에 달한다.[30] 이런 현상은 최근 취업 전선에서 주류를 차지하기 시작한 밀레니얼, Z세대의 영향이 크다고 볼 수 있다. 국내 대학생들을 대상으로 한 연구에서도 비슷하게 개인 가치관과의 적합성이나 기업 이미지 등의 요소가 기업에 대한 구직 태도에 가장 긍정적인 영향을 미친다는 사실이 확인된 바 있다.[31]

채용 브랜드를 구축하는 데는 상당한 시간과 노력이 소요된다. 필요하다는 것은 알면서도 많은 기업들이 주저하는 이유다. 현재 우리 회사에 대한 구성원 및 잠재적 지원자들의 인식을 조사하고, 회사가 표방하고자 하는 차별화된 가치를 도출하여 이를 회사 인사 제도, 조직 문화, 채용 절차 등에 반영하고, 적극적으로 마케팅을 하는 등의 업무가 수반된다. 인사나 홍보 부서의 여력이 있는 기업에서도 최소 6개월에서 1년 이상 소요될 수 있는 작업이다. 하지만 반드시 예산을 많이 들여야 채용 브랜드를 구축할 수 있는 것은 아니다. 잡코리아가 실시한 한국 취업 준비생들이 입사하고 싶어 하는 기업 순위 조사에서 CJ그룹이 1위를 차지한 것이 좋은 사례다.(2~5위는 삼성, SK, LG, 신세계 순이었다) 재계 서열(2019년, 자산 기준)은 14위로 다른 네 그룹사에 뒤지지만 채용 브랜드만은 높은 순위를 차지한 것이다. 이런 결과를 얻기까지 CJ는 화상 채팅 포맷의 채용 설명회, '인생·취업' 토크쇼 SNS 생중계, '맛있는 직무 이야기, JOB식당' 프로그램 등 잠재 구성원들로부터 공감을 얻기 위한 다양한 노력을 기울였다.

수평적인 기업 문화를 강조하여 채용 브랜드를 구축하는 스타트업들도 늘고 있다. 특히 인상적인 것은 이들 기업이 큰 예산을 투입하지 않는데도 구성원들이 자발적으로 블로그, 유튜브, 인스타그램, 페이스북 등의 채널을 통해 자기 회사를 홍보하고, 필요할 때는 구인 공고도 적극적으로 낸다는 점이다. 이런 방식은 수평적인 조직 문화 구축을 위해 노력하고 그 결과를 적극적으로 홍보함으로써 채용 브랜드도 강화하고 좋은 인재도 확보하는 선순환 구조라고 할 수 있다.

수평적인 조직의 리더십

수평적인 조직으로의 변화는 리더들의 참여와 협조 없이는 불가능하다. '모든 변화는 리더에서 시작된다'고 흔히 말하 듯, 수평 조직으로의 변화도 리더가 먼저 움직여야 한다. 수평 조직은 리더가 없거나 리더십이 약한 조직이 아니라, 다른 리 더십이 필요한 조직이다. 수평 조직 리더의 역할에는 역설적 인 면도 많다. 지시하지 않으면서 직원의 머리와 마음을 움직 여야 한다. 업무 방향은 제시하되 실무는 위임해야 한다. 미세 관리를 하지 않으면서도 팀이 높은 생산성을 유지하도록 해 야 한다. 팀원의 전문성을 존중하면서도 성장을 위한 파트너 역할을 해야 한다. 과업은 완수하면서 관계도 챙겨야 한다. 다 양한 구성원으로 응집력 있는 팀을 만들어야 한다. 부하들 위 에 군림하면서 누렸던 지위와 특혜를 내려놓아야 한다.

수평 조직으로 바뀌기 위해서는 관리자가 아예 없어져 야 한다는 주장이 있다. 이런 주장의 근거로 많이 인용되는 사 례가 미국의 토마토 가공업체 모닝스타Morning Star, 브라질 시 스템 엔지니어링 기업 셈코Semco, 기능성 원단 제조사 고어W. L. Gore, 홀라크라시의 대표 기업 자포스 등이다. 이들 기업의 성 공은 일반화하여 적용하기가 쉽지 않다. 1980년대부터 미국 에서 관리자를 두지 않는 자주 관리 팀autonomous work teams에 대 한 많은 시도가 있었지만, 대부분 실패했다.

반면 구글의 산소 프로젝트Project Oxygen는 수평 조직에서
도 관리자가 필요하고, 중요하다는 점을 명확하게 입증했다.
HR 데이터 분석을 통해 우수 관리자 행동 특성 여덟 가지를
도출하고, 그에 따라 리더십 교육과 평가를 한 결과 일부 관리
자들의 리더십 행동이 상당히 개선된 것이다. 결과도 중요하
지만, 이 프로젝트를 시행한 과정에 중요한 시사점이 있다.

기업 공개IPO 2년 전인 2002년, 구글은 조직 체계에 관
련한 중요한 실험을 했다. 회사 전체에 엔지니어가 수백 명 정
도이고 매니저는 4명뿐이었던 그 시기, 창업주를 포함한 구
글 구성원들은 '우리는 엔지니어를 위한, 엔지니어에 의한 회
사'라는 인식이 강했고, 관리에 대한 혐오를 공유하고 있었
다. 그래서 '매니저를 없애 보자'는 생각을 실천에 옮기게 되
었다. 실험은 3개월도 안 돼 실패했다. 관리자 역할을 없애자
팀들의 시시콜콜한 문제가 전부 창업주들에게 올라와서 경영
이 어려운 지경이 된 것이다.

구글은 매니저 역할을 원래대로 되돌리고, 새로운 매니
저들도 계속 채용했다. 하지만 그 후로도 오랫동안 매니저는
필요악 정도로 인식되었다. 그러다가 2008년 초 HR 데이터
분석 팀이 '관리자가 정말 없어도 그만인 존재인가?'라는 질문
을 정식으로 제기했고, 이를 데이터로 증명하는 작업인 산소
프로젝트가 시작되었다. 당시 구글은 관리자manager 5000명,

임원급directors 1000명, 부사장급vice president 100명 정도가 있었지만 조직 분위기가 전혀 위계적이지 않았고, 주로 합의를 통해 의사 결정이 내려지는 상황이었으며, 관리 범위도 넓어서 엔지니어링 매니저 한 명이 30명 정도의 직원을 관리하는 경우도 흔했다.

프로젝트는 크게 3단계로 진행되었다. 우선, 매니저의 중요성을 데이터에 기반해 검증했다. 상향 평가 결과가 좋은 매니저가 이끄는 팀들이 그렇지 않은 매니저의 팀보다 이직률, 팀원 직무 만족, 업무 성과 등 여러 측면에서 뚜렷하게 앞선다는 결과가 확인되었다. 다음에는 우수 매니저의 행동 특성을 확인했다. 이중 맹검double-blind 방식의 정성 인터뷰를 통해 우수 매니저들의 행동 특성을 찾아낸 결과, 여덟 가지 특성이 발견되었다. 이렇게 확인된 행동 특성을 바탕으로 여러 가지 변화 프로그램들을 설계하고 운영하여 그 결과를 측정했다.

인사 담당 임원은 50회 이상의 내부 설명회를 실시하여 공감대를 형성했고, 매니저 상향 평가 문항을 여덟 가지 특성 기준으로 바꿔서 연 2회 설문을 실시하고, 개인별 보고서와 개선 팁Oxygen Tips 데이터베이스, 교육 프로그램 등을 제공했다. 기존의 우수 매니저 표창Great Manager Award 역시 8가지 행동 기준에 맞춰 추천하는 방식으로 변경했다. 그 결과, 2010년

대비 2012년의 매니저 상향 평가 결과의 중간값이 83점에서 88점으로 크게 상승했다. 특히 가장 점수가 낮았던 매니저들의 상승 폭이 컸다. 40점 중반에서 80점 후반으로 개선된 경우도 있었다.

2012년 11월 산소 프로젝트가 종료되는 시점에 구글 직원은 3만 5000명이었다. 이 정도 규모의 조직에서 직원 설문 결과가 기존에도 평균 80점이 넘는 상태에서 단기간에 5점이나 상승하는 것은 쉽지 않은 일이다. 당시 구글 최고 인사 담당 임원이자 《구글의 아침은 자유가 시작된다》의 저자인 라즐로 복은 이 프로젝트를 구글 인사 관리의 혁명이라고 표현했다. 프로젝트 결과가 대외적으로도 알려져 구글이 얼마나 좋은 직장인지를 확인시켜 주는 계기도 되었다. 실제로 구글은 《포천》 선정 '일하기 좋은 기업' 명단에 2012년부터 6년 연속 선정되었다. 최고의 인재만 가려 뽑는 데다 수평적인 조직 문화가 이미 정착되어 있는 구글에서도 관리자에 따라 팀 성과에 차이가 생기는 것이다.

또 다른 수평 조직인 아마존 역시 의사 결정 권한과 책임이 실무자들에게 부여되고 창조적으로 일하는 문화지만 유능한 리더들을 많이 보유하고 있다. 특히 'S팀'이라 불리는 아마존의 최고 경영진은 평균 근속 연수가 약 20년에 달하는 것으로 잘 알려져 있다.

수평 조직은 여러 단계의 위계가 아니라 팀에 의존해 운영되는 만큼 팀원들은 리더의 영향을 크게 받는다. 미국 위치타 주립대의 제럴드 그레이엄Gerald Graham이 직장인 1500명을 대상으로 동기 부여 요인을 조사한 결과, 가장 강력한 요인은 관리자가 구성원의 기여에 대해 진심 어린 격려의 말을 해주는 것이었다.

최근 국내 한 대기업에서 '리더 없는 날'을 운영한다는 얘기가 언론을 통해 알려졌다. 구성원들의 자율성을 존중하고 주도적으로 일하는 방식을 정착시키는 것이 목적이라고 한다. 2019년 여름부터 임원과 팀장들은 월 1회 회사에 출근하지 않는 날을 정해야 하고, 그 날은 직원들이 스스로 리더가 되어 주도적으로 업무를 수행하라는 취지다. 하지만 수평 조직에 맞는 리더십 행동을 갖춘 팀장과 임원들이라면 굳이 리더 없는 날이 필요할까? 한 달에 하루를 제외한 다른 날들에는 권위주의적으로 지시하면서 일해도 된다는 의미인가? 만약 리더가 없는 것이 구성원의 자율성과 책임성을 높인다면 리더를 아예 없애는 것이 더 좋지 않을까?

전통적인 조직에서 리더의 힘은 권위와 보상에서 나온다. 조직이 부여한 공식적인 직책과 고과, 보상, 승진 등을 좌우할 수 있는 권한 때문에 직원들은 좋든 싫든 상사를 떠받들고 복종해 왔다. 이런 시스템은 리더들이 직원 위에 군림할 수 있도록 하고, 리더들은 자연스레 부하 직원들을 목적 달성의 수단으로 보게 된다. 나의 생존, 성과, 승진을 위해 이용하는 자원 정도로 치부한다. 이런 문화에 익숙한 리더는 권위를 리더십과 등치시킨다. 지시, 명령, 고과 권한 없이는 리더십을 발휘할 수 없다고 믿는다. 반면, 수평적 조직에서는 리더의 힘이 권위에서 나오지 않는다. 권위와 보상이 아니라 능력과 진정성이 중요하다. 조직의 방향과 우선순위를 명확히 설정하고 자신의 리더십을 다른 구성원들과 나눔으로써 모든 사람이 리더가 될 수 있도록 도와야 한다.

그렇다면 수평 조직에서 바람직한 팀 리더는 어떻게 행동하는 사람인가? 이에 대한 답은 구글 산소 프로젝트로 어느 정도 나와 있다. 구글 모델을 모든 기업에 일반화하여 적용할 수는 없겠지만, 수백 개 팀에 대한 성과 분석 결과를 바탕으로 도출한 것인 만큼 중요한 참고 자료로 활용할 수는 있을 것이다. 흥미롭게도 구글의 고성과팀 리더들의 행동 특성들은 직간접적으로 구성원들의 동기 부여와 관련되어 있다. 산소 프로젝트에서 도출된 여덟 개 요인에 추후 두 가지가 추가된 고성과팀 리더들의 행동 특성은 다음과 같다.

①좋은 코치 역할을 한다(학습 및 성장 욕구).
②팀원들에게 권한을 위임하고 미세 관리하지 않는다(자기

선택 욕구).

③팀원들의 성공과 행복을 배려하는 분위기를 만든다(성장 및 행복 욕구).

④생산적이며 결과 지향적이다(목표 달성 욕구).

⑤경청과 공유 등 소통을 잘한다(자기표현 및 소통 욕구).

⑥업무에 대해 상의하고 경력 개발을 위해 돕는다(성장 욕구).

⑦팀의 방향에 대해 명확한 관점과 전략을 가지고 있다(목적 달성 욕구).

⑧팀원들에게 조언할 수 있을 정도의 업무 전문성을 갖추고 있다(성장 욕구).

⑨회사 전체적으로 협업한다(소통 및 관계 욕구).

⑩의사 결정을 잘한다(목적 달성 욕구).

보통 리더십 관련 책과 강연에서 늘 접할 수 있는 조언이다. 실제로 구글 HR 분석 팀도 이 결과를 얻고 너무도 평범한 내용에 당황했다고 한다. 그러나 이런 당연해 보이는 리더의 행동들이 쌓이면 수평 조직 문화가 만들어진다. 결국 리더십의 본질은 개념이 아니라 실천에 있다.

지시와 코칭

우리나라의 40, 50대 관리자들은 요즘 20, 30대 젊은 직원들과 일하는 것이 쉽지 않다. 똑똑하고 영어도 잘하고 아는 것도 많은데, 오히려 간단한 지시를 이해하지 못하는 경우가 잦다고 느낀다. 과거에는 임원이나 팀장 눈빛만 봐도 무엇을 원하는지 알았는데, 요즘 직원들은 한참 설명하고 두어 번 확인해도 마음이 놓이지 않는다. 다른 나라 사람과 일하는 것처럼 불편하고 거북하다. 사실 이런 불편함은 젊은 직원들도 느끼고 있을 가능성이 높다. 조직 내 일사불란한 업무 소통이 이루어지려면 서로 코드가 비슷해야 하는데, 밀레니얼이나 Z세대 직원들은 여러 모로 기존 세대와 다르다.

젊은 직원들은 조직보다는 자기 자신을 우선시하며, 자기 시간을 특히 소중히 여긴다. 큰 그림을 이해하고 스스로 결정하기를 원하며, 궁금한 것에 대해서는 질문도 하고 싶다. 오직 돈 때문에 회사 다니기는 싫고, 의미 있는 일을 하며 성장도 하고 싶다. 불편하고 비효율적인 격식은 질색이고, 결과만 내면 되지, 일하는 방식에 대해서까지 지적받고 싶지는 않다. 무리한 지시, 일방적인 지시, '까라면 까' 식의 지시를 해도 눈치를 봐 가며 일하는 것은 도무지 적성에 맞지 않는다.

이렇게 코드가 맞지 않는 상황에서 과거에는 당연히 아랫사람이 조직에 맞춰야 했다. 전통적 위계 조직에서 관리자 역할은 지시하고 통제하는 것이었다. 통제는 지금과 달리 과거에는 긍정적인 의미를 갖고 있었다. 통제의 반대는 무질서

이고, 통제가 잘 되는 것은 업무가 질서정연하게 돌아간다는 의미이기 때문이다. 21세기형 수평 조직은 다르다. 창의력과 비판적 사고가 중요한 4차 산업 혁명 시대에는 지시와 통제를 잘 따르는 것이 기업 가치를 높이지도 않을 뿐더러, 오히려 위험할 수 있다. 미국의 사회 심리학자 클라크 맥컬리Clark McCauley는 지시적 리더십하에서 집단 사고가 일어날 위험이 높다고 지적한 바 있다.

수평 조직에서 리더와 팔로워 간의 소통은 지시를 줄이고 코칭을 늘리는 방식이 되어야 한다. 업무 소통의 초점을 리더에서 팔로워로 옮기는 방법이다. 관리자가 가지고 있던 업무의 통제권locus of control을 직원에게 돌려주는 것이다. 수평 조직의 성공은 구성원의 자발성에 달려 있기 때문이다. 자발성은 이미 사람 안에 존재하는 동기, 능력, 의지, 열망 등을 밖으로 끌어내 행동으로 발현되도록 하는 것이다. 구성원 관점에서 보면 안에서 밖으로 향하는inside-out 프로세스다. 밖에서 안으로 향하는outside-in 교육이나 지시와는 정반대다.

지시보다 코칭을 한다는 것은 관리자의 관심사를 업무에서 사람으로 옮기는 것이기도 하다. 똑같이 1시간 면담을 하더라도 업무 진행 상황, 문제, 해결 방법 등만 확인하지 말고, 팀원이 업무에 대해 어떻게 느끼고 있고, 어떤 어려움이 있고, 무슨 도움을 원하는지 파악하는 것이다. 업무 이야기로

만 점철된 대화는 팀원이 해당 지시를 따르는 것 이상의 효과가 없다. 다음 업무를 위해 또 지시하고, 확인하고, 지적해야 하는 제자리걸음이다. 반면 사람과 성장 중심의 대화를 하면 면담 후 팀원이 자신에 대해 성찰을 하기 시작한다. 더 잘하기 위해 스스로 고민한다. 이런 시간이 쌓이면 관리자가 업무를 지시하고 통제하지 않아도 알아서 수행하고, 동기와 생산성이 점점 올라간다.

구성원 내면의 자발성을 끌어내기 위해 관리자가 취할 수 있는 가장 적절한 방식은 질문을 던지는 것이다. 인지 과학자들은 인간이 자신의 의식을 스스로 잘 알아차리지 못한다고 지적한다. 이처럼 스스로 알아차리지 못하는 90퍼센트 이상의 의식이 일상적인 행동을 결정한다. 의식 속에 숨어 있는 동기, 능력, 의지, 열망 등을 끄집어내 일터에서의 성과, 성장, 관계로 연결지어야 하는데, 이 과정에서 효과적이고 현실적인 방법이 질문을 던지는 것이다. 코칭은 질문을 통해 직원의 자발성을 끌어내는 대표적인 방법이다.

코칭의 효과성의 근거로 중요한 것이 바로 자기 설득 self-persuasion의 원리다. 일반적인 설득은 제3자가 직접적으로 개입하여 생각, 태도, 행동의 변화를 이끌어 내는 방법이라면, 자기 설득은 제3자의 개입이 억제된 상태에서 자신의 주체적인 고민과 판단을 통해 결론에 도달하거나 결심을 하게 되는 것이다. 자기 설득이 좋은 이유는 그 자체에 동기 부여 과정이 내재되어 있기 때문이다. 스스로의 내면적 성찰을 통해 얻은 결론은 그만큼 강고하고 지속성이 있다. 효과적인 코칭을 통해 자기 설득된 직원은 지시, 감독, 인센티브가 없어도 스스로 즐겁게 일한다. 2010년대 이후《포천》선정 500대 기업의 약 90퍼센트가 기업 코칭을 활용하는 이유다.

코칭은 배우지 않고 바로 할 수 있는 것이 아니다. 대부분의 관리자들은 코칭을 한 번도 배운 적이 없고, 생소하게 생각한다. 기성세대의 경우에는 코칭을 받아 본 경험도 없다. '관리자는 모든 문제에 대해 답을 갖고 있어야 한다', '내가 직원보다 항상 뛰어나다'는 식의 강박 관념도 코칭을 방해하는 장애 요인이다. 세계적 리더십 교육 기업 CCLCenter for Creative Leadership 은 코칭을 통해 조직 문화가 바뀌기까지는 3년 이상의 노력이 필요하다고 분석한다. 다행히 코칭은 누구나 배워서 실천할 수 있다는 것이 전문가들의 공통된 의견이다.《하버드 비즈니스 리뷰》에 따르면, 관리자들은 15시간 정도의 상대적으로 짧은 트레이닝을 통해 코칭 스킬을 개선할 수 있다.[32]

이러한 맥락에서 수평 조직의 리더는 팀원을 가르치는 대신 이들의 이야기를 경청해야 한다. 저명한 리더십 전문가 폴 허시Paul Hersey와 켄 블랜차드Ken Blanchard는 상황 리더십Situational Leadership 이론에 기반해 네 가지 리더십 소통 유형을 정의했다.

명령형, 설득형, 참여형, 위임형이다. 명령형에서 위임형으로 갈수록 소통에 있어 리더의 의견이 차지하는 비중이 감소하고, 역량 및 자발성 면에서 직원의 성숙도가 높아진다. 리더와 팔로워 간에 더 높은 수준의 신뢰가 필요하고, 쌍방의 관계가 수직적인 성격에서 수평적인 성격으로 달라진다. 리더 입장에서는 소통 능력에서 경청이 차지하는 중요성이 높아진다.

업무 능력도 우수하고 자발적인 직원에게 세세한 것까지 가르치려고 하면 직원 입장에서는 합당한 신뢰를 받지 못하고 무시당했다고 생각할 것이다. 일을 하고 싶은 마음도 없어지고, 심하면 관리자 때문에 조직을 떠날 수도 있다. 의도가 좋아도 듣는 사람을 작아지게 만드는 것이다. 평소 쌓아둔 신뢰가 없는 사이라면 듣는 사람은 비난이나 조롱, 비아냥으로 느낄 수 있다.

수평 조직은 인사, 문화, 리더십 등 조직 관리 전반에서 상호 신뢰, 수평적 관계, 높은 자발성, 강한 책임감을 전제로 한다. 책임과 자율, 신뢰와 관계 등은 수평적 조직의 중요한 가치이기도 하다. 따라서 리더들의 소통 양식도 참여형 또는 위임형에 맞도록 경청이 기반이 되어야 한다. 일반적으로 소통이라고 하면 반사적으로 말하기를 떠올리지만, 진짜 중요한 것은 듣기다. 세계적인 소비재 기업 피앤지P&G의 앨런 래플리Alan Lafley 회장은 "위로 올라갈수록 남의 말에 더 귀를 기울여야 한다. 나는 대화의 3분의 2를 듣는 데 투자한다"고 말하기도 했다.

듣기는 말하기보다 훨씬 어렵다. 모국어를 기준으로 성인들의 말하기 속도는 눈으로 텍스트를 읽는 속도의 4분의 1 정도다. 아무리 상대가 조리 있게, 빨리 말을 해도 뇌가 정보를 받아들여 처리하는 속도보다 훨씬 느리기 때문에 듣는 중간에 생각의 공백이 발생하여 지루하고 답답하게 느껴진다. 심리학 실험에 따르면, 집중해서 말을 들을 때는 체온과 맥박이 상승하고 노르에피네프린norepinephrine, 도파민dopamin 등 신경 전달 물질이 추가로 분비된다. 그만큼 경청은 상당한 집중력을 요구하는 일이다. 이토록 어려운 일임에도 경청을 해야 하는 이유는 리더가 자기 얘기를 들어주는 것만으로도 사람들은 존중받는 느낌을 갖기 때문이다.

위임의 기술

수평 조직은 모든 구성원이 역량을 최대한으로 발휘하도록 업무를 나눈다. 임원이나 관리자에만 초점을 맞춰 최적화하지 않는다. 그래서 업무 권한을 골고루 배분하는 것이 중요하다. 업무 권한을 적절히 위임하면 여러 장점이 있다. 우선 실무자의 만족도가 높아진다. 자율성을 발휘하고 능력을 키우며 성과를 통해 존재감을 인정받는 것은 내적인 동기 요인을 직접 건드리기 때문이다. 관리자도 좀 더 전략적인 과제를 고민하고 팀 빌딩과 직원 육성 등 리더 본연의 업무에 더 집중할 수 있다. 회사 차원에서도 리더-팔로워 역할 분담 및 사기 증진 등으로 인해 전반적 생산성이 높아진다. 산타클라라대 경영대학원의 배리 포스너Barry Posner는 자율성이 보장된 집단이 그렇지 않은 집단보다 생산성이 네 배까지 높다는 연구 결과를 발표한 바 있다.

효과적 권한 위임이 탁월한 경영 성과로 이어진 대표 사례가 미국 사우스웨스트항공Southwest Airlines이다. 이 회사는 1970년대 업계 가격 인하 회오리 속에서 치명적인 수익성 악화에 빠졌다. 보유 항공기 4분의 1을 매각하고 남은 것으로 동일한 운송량을 감당해야 했다. 절체절명의 상황에서 경영진은 일방적 대응책을 내놓기보다 모든 임직원이 참여하여 솔루션을 찾는 길을 선택했다. 관리자, 파일럿, 승무원뿐 아니라, 지상 직원과 수화물 운반 직원까지 두루 참여하는 'X팀'이 만들어졌고 무수한 아이디어가 모였다. 그 결과로 이뤄낸 혁신이 바로 '항공기 10분 회전'이다. 착륙한 비행기에서 승객들을 내리게 하고, 청소하고, 주유하고, 새로운 승객들을 태워 이륙하는 과정을 10분 만에 끝내는 것으로, 업계 평균이 45~60분이었던 점을 감안하면 얼마나 혁신적인지 알 수 있다. 사우스웨스트항공은 매각한 항공기의 공백을 생산성으로 메꿨고 수익성을 회복하여 미국 최강의 항공사로 거듭났다.

하지만 현실에서는 권한 위임이 제대로 안 되는 경우가 많다. 이런 조직에서는 권한을 움켜쥔 리더가 업무에 치여서 새로운 과제나 프로젝트에 선뜻 도전하지 못한다. 팀 전체로 보면 업무가 편중되어 바쁜 사람만 바쁘다. 관리자는 '일을 못한다', '열정과 책임감이 없다'며 팀원을 비난한다. 미세 관리는 직원들을 의존적으로 만들기도 한다. 결국 상호 신뢰가 없어지고 직원들은 시키는 일만 겨우 하는 침체된 분위기가 된다. 이런 결과가 초래되는 원인은 조직의 구조적인 측면에도 있지만, 리더 개인의 성향도 중요한 부분을 차지한다. 대표적인 원인 몇 가지는 다음과 같다.

첫 번째는 완벽주의다. 모든 일을 완벽하게 처리하려 들며, 본인이 직접 챙겨야만 마음을 놓을 수 있는 경우다. 두 번째는 지나친 통제 욕구다. 이런 리더들은 중요한 업무, 정보, 결정권 등을 독점함으로써 팀원들로부터 자신의 권위를 지키려 한다. 세 번째는 과도한 효율을 강조하는 것이다. 팀원을 배려하고 성장시키는 것보다 업무의 효율성만을 지나치게 우선시하는 경우다. 네 번째는 팀원을 불신하는 것이다. 부하 직원의 능력이 못미덥다고 생각하거나, 자신과 상의하지 않고 일할까 봐 믿지 못하는 리더다.

팀원을 불신하는 것에 대해 일부 관리자는 항변한다.

'주인 의식이 없이 시키는 일도 겨우 해내는데 어떻게 결정 권한을 주느냐', 혹은 '위임해도 책임은 내가 지는데 어떻게 믿고 맡기느냐'는 것이다. 하지만 조직 전문가들의 연구에 따르면, 관리자가 자신을 불신한다고 느낄 때 직원들은 성과를 내려는 노력 자체를 포기한다. 불신 기피 행동distrust-averse behavior이다. 또한 아랫사람에 대한 신뢰top-down trust는 무조건적일 때만 효과가 있고, '네가 잘 하면 믿겠다' 식의 조건부 신뢰는 직원 입장에서 '거래'로 느낀다. 리더가 부하 직원을 무조건 믿어야 하는 이유다.

피터 드러커는 생전에 임원들을 대상으로 강의를 하던 중에 불쑥 이런 질문을 던진 적이 있다. "여러분 회사에 쓸모 없는 직원들이 많다고 생각하시면 손 들어 보세요." 상당 수 임원들이 손을 들었다. 그러자 드러커는 이렇게 말했다. "그렇다면, 그들은 입사 면접을 치를 때부터 쓸모없던 사람들이었습니까, 아니면 회사에 들어오고 난 다음부터 쓸모없게 된 것입니까?" 임원들은 아무 말도 하지 못했다. 만약 처음부터 그랬다면 선발의 실패를 인정하는 셈이고, 나중에 바뀌었다면 리더가 동기를 부여해 주지 못했다는 의미가 되기 때문이다. '부하 직원을 믿을 수 없다'는 말은 관리자의 무능을 고백하는 것이다.

노자老子의 《도덕경道德經》에는 이런 구절이 있다. "제일 뛰어난 군주가 다스리는 나라의 백성들은 왕이 있다는 사실도 잘 모른다. 그보다 조금 못한 군주가 다스리는 나라의 백성들은 왕을 친근하게 느끼고 칭송한다. 그보다 못한 군주가 다스리는 나라의 백성들은 왕을 두려워한다. 제일 한심한 군주가 다스리는 나라의 백성들은 왕을 경멸한다." 이 말을 현대 조직 상황에 맞게 옮기면 이런 문장이 될 것이다. '직원들은 싫은 관리자 밑에서는 일하는 것 자체를 싫어한다. 무서운 관리자 밑에서는 혼나지 않으려고 마지못해 일한다. 좋아하는 관리자 밑에서는 칭찬받고 싶어서 일한다. 권한 위임을 잘하는 관리자 밑에서는 하고 싶어서 일한다.'

관계의 중요성

경영 환경의 불확실성 증가와 디지털 혁명에 따른 빠른 변화 속에서 조직은 어떻게 해야 혁신과 생산성에 대한 기대를 충족시킬 수 있을까? 이 질문에 천착해 온 조직 심리학자들은 심리적 안전성psychological safety에 주목한다. 팀 구성원들이 상호작용함에 있어 실패에 대한 두려움이나 부정적 평가에 대한 우려를 덜 느낄수록 업무에 더 몰입할 수 있고, 그렇게 함으로써 협업, 혁신, 생산성 등이 높아지기 때문이다. 심리적 안전성을 오래 연구한 에이미 에드먼드슨은 "우리 뇌에는 항상 남들이 나를 어떻게 생각하는지, 특히 윗사람이 나를 어떻게 생각하는지 신경 쓰고 걱정하는 부위가 있다. 원시 사회에서는 집단에서 거부되는 순간 죽을 수도 있었기 때문에 이런 위험을 반사적으로 감지하게 된 것"이라고 설명한다.[33]

수평 조직에서 일한다고 해서 인간의 본능적인 공포 감정이 저절로 없어지지는 않는다. 전통적 위계 조직은 어쩌면 그런 본능을 이용했던 면이 있다. 상사 눈 밖에 나거나 조직에서 퇴출되지 않기 위해서 원하지 않는 지시도 충실하게 따르게 되는 것이 그 예다. 수평 조직이 지향하는 혁신적인 성과는 그저 열심히 일한다고 얻어지는 것이 아니다. 직원들이 자유롭게 상상하고 치열하게 토론하며 새로운 시도를 하도록 하려면 뇌 속에 숨어 행동의 발목을 잡는 두려움의 스위치를 일단 꺼야 하는데, 그 스위치의 회로는 관계로 만들어져 있다.

1940년대 미국 오하이오대의 선도적인 행동 이론가들이 리더십 유형을 연구할 때부터 전문가들은 리더십 유형을 크게 과업 지향적task-oriented 리더십과 관계 지향적relationship-oriented 리더십으로 구분해 왔고, 지금도 이는 유효하다. 또한, 리더 배려 행동leader consideration behavior은 구성원들의 정서적 측면에 긍정적인 영향을 미친다는 연구 결과가 여럿 나왔다. 최근에는 심리적 안전성과 리더 배려 행동 간의 상관관계에 대한 연구가 주목을 받고 있다. 국내에서도 35개 팀 194명을 대상으로 한 2018년 연구에서 리더의 배려 행동이 갈등을 줄이고,

이것이 다시 심리적 안전감을 높인다는 것이 증명된 바 있다.[34]

조직 구성원의 70퍼센트 이상을 이미 밀레니얼 세대가 차지한 오늘날 심리적 안전성을 높이기 위한 노력은 더욱 중요하다. 밀레니얼 세대 직장인들은 유난히 불안감이 높은데, 불확실성과 파편화된 관계 속에서 늘 경쟁하며 살아왔기 때문이다. 자녀 교육에 모든 것을 쏟은 부모 덕에 좋은 교육을 받고 최고의 스펙을 갖추었지만 불행하게도 한국 경제 저성장기에 맞춰 직장 생활에 진입한 세대, 평생직장 개념이 사라지고 성과주의만 남은 조직 분위기 속에서 내 잘못과 무관하게 언제든 퇴출될 수 있다는 생각을 하는 이들은 항상 플랜 B를 고민한다.

하지만 지난 20년 동안 우리나라 기업 풍토는 과업 지향적인 리더를 양산하는 쪽에 초점을 맞춰 왔다. IMF 금융 위기 이후 한국 사회에 몰아친 성과 지상주의 속에서 철저한 신상필벌형 인사를 반복한 결과 재임 기간 중 가시적인 성과를 내야 살아남는다는 생존 공식이 자리 잡은 것이다. 여전히 리더십을 카리스마의 동의어로 생각하는 대중적 인식 속에서 리더들은 조직과 사람을 챙기는 것보다 사업과 수익을 챙기는 것이 훨씬 이득이라고 생각하게 되었다.

그 결과, 우리 사회에는 관계를 짓밟으면서 자신의 잇속만 챙기는 리더들이 많이 나타났다. 직원 사생활을 침해하고, 실적을 가로채고, 위험한 업무를 강요하고, '열정 페이'로 착취하고, 인신공격도 서슴지 않는 리더 말이다. 인크루트가 2018년 직장인 898명을 대상으로 조사한 결과, 직장인 97퍼센트가 상사의 갑질을 경험했고 그로 인해 근무 의욕이 떨어졌다고 밝혔다. 이런 리더의 행동을 바꾸지 않고 수평 조직을 만드는 것은 불가능하다.

하지만 관계를 챙긴다는 것이 전통적인 가족 같은 분위기를 소환한다는 의미는 결코 아니다. 한국에서 가족 같은 분위기는 위계질서 속의 따뜻함을 의미하기 때문이다. 그렇다면 수평 조직에서 건강한 관계, 응집력 있는 팀, 심리적 안정감을 높이는 관계 형성을 위해 관리자들은 어떤 일을 할 수 있을까?

우선 관심을 표현해야 한다. 이름, 생일, 가족, 관심사 정도는 외운다. 업무상의 강약점과 개인적 호불호 등도 알아두면 업무 배치나 애로 사항 상담에 도움이 된다. 관심을 표현하기 위해서는 먼저 호기심을 가지고 대화하고 질문하는 습관이 필요하다.

둘째, 인간적인 면모를 드러낸다. 업무 외에 취미나 봉사 활동 등을 통해 직원들과 가까운 시간을 가진다. 직책과 권위로 방어막을 치지 말고 직원들이 접근하기 쉽도록 적당한 선에서 감정도 표현하고 유머 감각도 발휘한다.

셋째, 통과 의례를 잊지 않고 챙긴다. 입사, 퇴사, 전입, 전출 직원의 환영, 환송을 정성껏 챙긴다. 팀원의 생일, 결혼, 문상 등 중요한 대소사도 꼭 참석해야 한다.

넷째, 직원과 직접 소통한다. 수시로 면담을 통해 직원의 고충을 듣고, 식사 시간도 갖는다. 보이지 않게 묵묵히 일하는 직원을 지나치지 말고 따뜻한 말 한 마디를 건네고, 노고에 감사를 표한다. 이메일 열 번보다 한 번의 대화가 낫다.

다섯째, 직원을 돕는다. 업무상 문제나 갈등에 빠진 경우 알아서 하도록 내버려 두지 말고 돕는 것이다. 직원이 잘못한 것이 아니면 '걱정하지 말라'고 안심시켜 준다. 직원 신상에 관계된 결정은 반드시 먼저 본인 의견을 묻고 최대한 반영해 준다.

마지막으로, 공정성을 지킨다. 관리자로서 직원들을 공정하게 대하는 것은 기본적인 약속이고 이를 지키지 않으면 신뢰가 깨진다. 결과적 공정성을 지키기 어려울 경우에는 최소한 절차적 공정성은 지킨다.

내부 네트워크의 힘

조직 안에서 협업은 크게 두 가지 범주로 구분할 수 있다. 하나는 팀 내부의 협업, 하나는 팀을 넘어서는 협업이다. 팀 내부 협업에서는 응집력을 높이는 것이 주요 관심사다. 내부 팀원들 사이에 서로 외면하는 사람 없이 모두 긴밀하게 소통하며 공통의 목표를 위해 손발을 맞추어 일하는 것을 말한다. 팀 외부 협업에서의 초점은 네트워킹이다. 외부 팀과도 자주 소통하고 정보를 교환함으로써 새로운 관점과 아이디어도 얻고, 팀 내부에 부족한 자원을 적시에 확보하는 것이다. 문제는 이 두 가지 협업이 종종 상충될 수 있다는 것이다. 대표적으로 내부 응집력이 높은 팀이 폐쇄성을 갖게 되면 외부 협업은 하지 않으려고 하는 경우가 있다.

융복합과 초연결을 특징으로 하는 4차 산업 혁명 시대에는 조직 전체의 집단 지성 활용을 위해 부서 장벽을 뛰어넘는 협업이 중요하다. 혁신과 신규 사업 개발 등 기회의 대부분은 팀 사이, 또는 부서 사이의 접점에서 비롯되기 때문이다. 크고 중요한 프로젝트일수록 하나의 팀 내부에서 해결하기는 어렵고 전사적인 지원이 필요하다. 전통적인 위계 조직에서는 이런 경우 주로 프로젝트 규모에 상응하는 높은 직책을 신설하고 직접 지시 및 통제하도록 하는 방식을 사용해 왔다. 수평 조직은 대등하고 수평적인 팀 간의 직접 협업을 통한 업무 추진을 기본으로 한다. 직접 협업하는 것이 훨씬 더 빠르고 강력하기 때문이다.

수평적인 협업이 원활하게 이뤄지려면 리더의 역할이 중요하다. 우선 조직 전반의 네트워크가 좋은 직원들을 찾아내고 키워서 활용해야 한다. 공식적 업무 채널만으로 부족한 부분을 비공식적인 네트워크를 통해 연결할 수 있기 때문이다.《하버드 비즈니스 리뷰》는 최근 2000개 이상의 글로벌 프로젝트 팀 대상 연구를 통해 이런 직원이 포함된 팀의 실적이 그렇지 않은 팀보다 월등히 좋다는 것을 밝혔다.[35] 조직 내 협업 전문가인 캘리포니아대 버클리 캠퍼스의 모튼 한센Morton Hansen 역시 팀 간 협업 제고를 위해 '자기 조직 성과에 집중하면서도 다른 부서와의 협업도 잘하는 인재'를 육성할 것을 제안한 바 있다.

국내 모 대기업 IT 계열사에 신입으로 입사 후 9년 간 소프트웨어 개발자 및 기획자로 근무한 직원 P의 사례는 이에 대한 구체적인 증거가 될 수 있다. P는 개발자 출신이지만, 뜻한 바가 있어 HR 부서로 옮겼다. 처음부터 HR 업무를 한 직원보다 직무 지식은 부족했지만, 2~3년 경험을 쌓은 후 중요한 프로젝트를 맡게 되었다. 직원 4000명이 넘는 대기업의 전사 직무 체계, 역량 모델, 경력 개발 경로, 인력 투입 원칙, 기술 교육 체계를 아우르는 방대한 인력 운영 체계를 구축한 것이다. 외부 컨설팅을 받으면 2~3년의 시간과 십수 억 원이 들었을 큰 작업을 내부 인력 세 명이 9개월 만에 해냈다. 결과물이 탁월해 업계에 소문이 나고 여기저기서 가르쳐 달라는 요청도 많이 받았다. 현업(개발, 영업, 컨설팅)과 지원(기획, 인사, 재무)을 가리지 않는 P의 탄탄한 네트워크가 아니었으면 불가능했을 일이다. 그런 P를 미리 눈여겨보고 HR 부서로 옮기도록 꾸준히 설득하고 중요 프로젝트 기회를 준 HR 리더의 선견지명도 한몫을 했다.

수평적 협업을 촉진하기 위한 리더의 또 다른 역할은 협업에 호의적인 풍토climate을 만들기 위해 솔선수범하는 것이다. 사실 팀을 넘어선 협업이 필요하고 중요한 것을 모르는 사람은 없다. 알면서도 못 하는 것뿐이다. 주된 원인은 협업이 팀 이익에 도움이 되지 않을 수 있다는 생각과 다른 팀에 대한 불신이다. 특히 골치 아픈 문제를 해결해야 하거나 위험이 뒤따르는 업무를 둘러싼 협업을 해야 할 때 부서 이기주의와 상호 불신은 큰 장애물로 작용한다. 협업에 호의적인 풍토를 조성하기 위해 리더들이 할 수 있는 일은 다음과 같다.

첫 번째는 팀을 넘어선 모임을 진행하는 것이다. 팀원들은 거의 대부분의 업무 시간을 자기 팀 내부 구성원들과 보낸다. 의도적으로 다른 팀의 멤버들과 만나고, 대화하고, 시간을 보내면서 서로를 더 잘 이해하고 시야를 넓힐 기회를 줄 필요가 있다. 한 달에 한 번씩 다른 팀 구성원과 식사하는 모임, 몇 개의 팀이 공동 팀 빌딩 활동, 사내 동호회나 학습 모임 등을 시도해 볼 수 있다.

전파 교육을 활용하는 방법도 있다. 일부 직원이 외부

콘퍼런스, 산업 전시회, 온라인 교육 등에 참석하여 최신 기술 및 트렌드, 우수 사례 등에 대해 학습한 후 돌아와 모든 구성원 대상으로 전파하도록 한다. 구글의 경우 외부 전문가를 회사로 초빙해 여러 부서의 팀원들이 함께 강의를 듣거나 토론하는 세션을 자주 갖는다.

세 번째 방법은 협업 과정에서 팀원들이 느낄 수 있는 불안감을 해소하는 것이다. 팀원들은 협업으로 인해 자신들의 자율성, 통제력을 잃을까 두려워하는 경우가 있다. 리더는 회의와 다양한 방법의 소통을 통해 그렇지 않다는 것을 이해시킴으로써 팀원들을 안심시킬 필요가 있다.

네 번째로, 실무자 선에서는 해결이 어려운 팀 사이의 공통 프로세스 문제가 발생할 때가 있다. 이럴 때 여러 팀에 걸친 문제 해결을 위해 리더와 실무자들이 함께 모여 현상, 원인, 해결 방안을 깊이 있게 논의할 필요가 있다. 모여서 얘기해 보면 평소 부분적으로만 바라보던 시각의 편협함을 깨닫고 진정한 해결 방안이 나올 가능성이 높다.

마지막으로, 팀 사이에 피드백을 주고받는 방법이 있다. 여러 팀의 구성원이 함께 프로젝트를 하거나, 업무의 전후 단계가 맞닿아 있는 팀 간에는 주기적으로 상호 피드백을 통해 평소 느꼈던 불편함이나 개선 기회를 공유한다. 피드백은 단지 불만을 토로하는 방식이 되어서는 안 되고, 긍정적인 부분과 개선 기회를 균형 있게 다루는 자리가 되도록 리더들이 조율한다.

리더십에는 정답이 있을 수 없고 모든 상황에 적용되는 리더십 역시 있을 수 없다. 그러나 분명한 것은 리더의 변화 없이 조직 차원의 이런 저런 진단, 제도, 교육, 프로그램만으로는 조직이 바뀌지 않는다는 것이다. 더구나 수평적인 문화의 조직으로 바뀌는 것은 지금까지의 변화와는 성질이 다르다. 기존의 변화들은 품질과 실행력을 높이고, 혁신적인 제품과 프로세스를 만들어 내고, 탁월한 경쟁 전략을 수립하는 등 변화의 초점이 사업과 경쟁에 맞춰져 있었다. 지금 우리가 추진하려고 하는 변화는 우리 자신을 변화시키는 일이다. 스스로의 생각과 행동을 바꾸는 것이 중요하다. 리더의 자발적인 행동 변화가 무엇보다 중요한 이유다.

주

1 _ 이수기·이소아·강기헌, 〈부장 209명에 대리 132명…요즘 식당 예약하는 막내가 44세〉, 《중앙일보》, 2020. 1. 13.

2 _ 김경윤, 〈'거짓말로 얼룩진 日 산업계' 미쓰비시 사태로 신뢰 '흔들'〉, 《연합뉴스》, 2016. 4. 21.

3 _ 김동욱·김순신·황정환, 〈호황 日, 구인난 못 견뎌 흑자 도산 vs 불황 韓, 일감 절벽 내몰려 줄도산〉, 《한국경제신문》 2018. 10. 15.

4 _ 안갑성, 〈은행·유통·패션… 기업 생존 걱정된다? 별동대 '애자일' 투입하라〉, 《매일 경제신문》, 2018. 11. 16.

5 _ 피터 카펠리·애나 타비스, 〈HR, 애자일을 도입하다〉, 《하버드 비즈니스 리뷰 코리 아》, 2018. 3-4.

6 _ 프레데릭 라루(박래효 譯), 《조직의 재창조》, 생각사랑, 2016.

7 _ Morton Fried, 《The Evolution of Political Society》, Random House, 1967.

8 _ Peter Drucker, 〈The coming of the new organization〉, 《Harvard Business Review》, 1988. 1.

9 _ Liam O'Connell, 〈LEGO Group revenue 2003-2018〉, 2019.

10 _ 오세성, 〈현대차·기아차, 직급 체계 축소하고 개인 역량 절대 평가한다〉, 《한국경 제신문》, 2019. 9. 2.

11 _ 조지원, 〈'최태원의 혁신 2탄' SK 전무·상무 없앤다…임원들 살짝 걱정〉, 《조선비 즈》, 2019. 7. 29.

12 _ 한승민, 〈"홍길동님, 까라면 까세요"〉, 《중앙일보》, 2017. 3. 5.

13 _ Yves Morieux, 〈Smart Rules: Six Ways to Get People to Solve Problems Without You〉, Boston Consulting Group, 2011.

14 _ 리카르도 세믈러(최동석 譯), 《셈코 스토리》, 한스컨텐츠, 2006.

15 _ Kevin Kruse, 〈The Big Company That Has No Rules〉, 《Forbes》, 2016. 8. 29.

16 _ 연간 리포트에 공개된 재무 데이터를 토대로 저자 산출.

17 _ 백주연, 〈팀장급 채용에 팀원이 면접관…휴넷의 인사 혁신〉, 《서울경제신문》, 2017. 3. 16.

18 _ John R. Hollenbeck and Howard J. Klein, 〈Goal commitment and the goal setting process: problems, prospects, and proposals for future reserch〉, 《Journal of Applied Psychology》 72(2), 1987.

19 _ Zach Lahey, 〈The Art of Appreciation: Top-Tier Employee Recognition〉, Aberdeen Group, 2015.

20 _ 송형석, 〈남용 LG전자 부회장 "보고서 꾸미는 데 시간 낭비 말라"〉, 《한국경제신문》, 2008. 8. 26.

21 _ PwC, 〈Industry 4.0: Building the Digital Enterprise〉, 2016.

22 _ 조귀동, 〈'행복 토크, 최태원 회장이 쏜다!' 최 회장 SK 직원 80여명과 첫 '번개'〉, 《조선비즈》, 2019. 10. 28.

23 _ 제프리 페퍼(박상언·윤세준 譯), 《휴먼 이퀘이션》, 지샘, 2001.

24 _ Michael Housman and Dylan Minor, 〈Toxic Workers〉, Working Paper 16-057, Harvard Business School, 2015.

25 _ Frank Schmidt and John Hunter, 〈The Validity and Utility of Selection Methods in Personnel Psychology〉, 《Psychological Bulletin》 124(2), 1998, pp. 262-274.

26 _ 김혜순, 〈"남녀 차별 없는 조직이 수익성 최고 35퍼센트 높아"〉, 《매일경제신문》, 2018. 10. 10.

27 _ Sinduja Rangarajan, 〈Here's the clearest picture of Silicon Valley's diversity yet: It's bad. But some companies are doing less bad〉, 《Reveal》, 2018. 6. 25.

28 _ 실리콘밸리에서는 일반적으로 IT 개발자를 선발할 때 코딩 테스트를 실시한다. 코딩 과제를 주고 면접관들이 지켜보는 가운데 후보자가 화이트보드에 알고리즘을 적어가며 설명을 하는 방식이다. 그러나 면접관 대부분이 백인 또는 아시아계 남성이라 여성이나 소수 인종 지원자가 실력 발휘를 충분히 못하거나 편향된 평가를 받을 가능성이 있다는 우려가 제기돼 왔다.

29 _ Weber Shandwick, 〈The Employer Brand Credibility Gap〉, 2017.

30 _ Randstad, 〈Employer Brand Research 2019 Global Report〉, 2019.

31 _ 이만재·김유경·이효복·임현찬, 〈고용 브랜드에 대한 인식 유형이 기업 구직 태도에 미치는 영향에 관한 연구: 대생 구직자의 인식을 중심으로〉, 《광고학연구》 27(2), 2016, 201-232쪽.

32 _ Julia Milner and Trenton Milner, 〈Most Managers Don't Know How to Coach People. But They Can Learn〉, 《Harvard Business Review》, 2018. 8. 14.

33 _ 대니얼 코일(박지훈 譯), 《최고의 팀은 무엇이 다른가》, 웅진지식하우스, 2018.

34 _ 김영식·김인혜, 〈성격과 리더 배려 행동이 팀 응집력에 미치는 영향〉, 《한국심리학회지: 산업 및 조직》 31(1), 2018, 195-220쪽.

35 _ Sujin Jang, ⟨The Most Creative Teams Have a Specific Type of Cultural Diversity⟩, ⟪Harvard Business Review⟫, 2018. 7. 24.

북저널리즘 인사이드   모든 것을 바꿔야

                          조직이 바뀐다

수평적인 조직 문화를 강조하는 실리콘밸리 기업들이 혁신을 일으키면서 국내에서도 수평 조직이 주목받고 있다. 대부분의 기업이 수평 조직으로의 전환을 목표로 영어 닉네임 호칭, 유연 근무, 자율 좌석제, 애자일 방법론 적용 등 다양한 시도에 나서고 있다. 그럼에도 수평적인 조직 구조를 성공적으로 정착시킨 기업은 많지 않다.

새로운 제도를 도입하고도 조직 문화 전환에 실패하는 이유는 조직 구조에 대한 이해가 부족하기 때문이다. 저자는 수평 조직으로의 전환을 위해서는 한두 가지 제도의 적용을 넘어 조직 내 모든 요소의 변화가 필요하다고 말한다. 호칭만 바꿀 것이 아니라 구성원과 리더의 핵심 정보 접근 범위를 수정하고, 근무 시간만 바꿀 것이 아니라 업무·소통 방식, 사무공간의 배치까지 고려해야 한다는 것이다.

저자는 우선 조직의 크기를 줄일 것을 제안한다. 더 적은 인원으로 같은 일을 해내기 위해서는 일하는 방식을 본질적으로 바꿔야 한다. 일을 대하는 태도도 달라져야 한다. 독립된 전문가로서 맡은 업무를 해내고, 책임지는 것이다. 자연히 업무는 지시와 수행이 아니라 논의와 협력으로 이뤄지게 된다. 이렇게 달라진 팀에 맞춰서 인재를 찾기 위한 채용, 평가 방식부터 출퇴근 시간, 사무 공간을 설계한다. 조직의 다양한 요소가 변화하는 것이다.

중요한 것은 모든 것을 바꾸겠다는 각오다. 조직은 일하는 방식과 관례, 구성원 간 관계가 복잡하게 얽혀 있는 공동체다. 컨설팅 리포트와 경영서가 다루는 조직 내 소통법, 문화 개선 방안, 리더의 행동 지침 등은 유용한 조언이지만, 이 방법들을 적용하는 것만으로 변화를 일으킬 수 있는 것은 아니다. 그렇다고 호칭, 복장, 사무 공간 개선 조치가 무용한 것은 아니다. 부수적으로 보이는 작은 조치들은 변화를 자극하는 촉매가 될 수 있다. 작은 변화들로 시작해 전체 구조의 변화를 일으켜야 한다는 의미다.

더 나은 조직으로의 변화는 다양한 요소가 복합적으로 작용한 결과다. 한두 가지 실험으로, 인재 몇 사람의 채용으로 조직은 달라지지 않는다. 부분과 전체를 함께 살피는 전체론적 시각으로 조직 문화를 분석하는 저자의 글은 수평 조직으로의 변화를 모색하는 출발점이 될 것이다.

소희준 에디터